I0621779

إترليموس

عبدالعزيز حمزة

عبدالعزيز حمزة

الناشر

سيبويهTM للنشر والتوزيع المحدودة
Sibawayh Publishing
المملكة العربية السعودية - جدة
الرقم الموحد: 920004119 966+
info@sibawayhbooks.com

(ح)، الأبعاد الرباعية للنشر والتوزيع، 1436هـ
فهرسة مكتبة الملك فهد الوطنية أثناء النشر
عبدالعزيز، حمزة عبدالعزيز
إترليموس - جدة.
ردمك: 978-603-90645-1-0
القصص التاريخية الرومانية
ديوي 859،3081 1436/5643

إذا أردنا أن نفهم ما يحدث في الحاضر،
والإطلاع على ما سيحدث في المستقبل،
علينا أن ننظر في صفحات التاريخ.

عبدالعزيز حمزة

عبدالعزيز حمزة

إلى والدي -رحمه الله- الذي أهداني أول كتاب

إترليمـوس – Eterlīmus

عبدالعزيز حمزة

بعد أن استحكمت قبضة (لوسيوس تاركوينيوس) من حكم روما، أصبح ملك روما السابع غير المنتخب، ضارباً بعرض الحائط جميع الأعراف والتقاليد الرومانية القديمة في تولية الحكم، والتي كانت تتم عن طريق تصويت مجلس الشيوخ للملك المختار، وما إن رضخت روما لحكم تاركوينيوس شرع فوراً في تصفية الشيوخ والقادة والمستشارين الموالين للملك السادس (سيرفيوس توليوس)، وكان ضمن من أمر بتصفيتهم والد إترليموس (تاتيوس)، الذي كان مقرباً من بلاط الملك سيرفيوس وأحد أصدقائه ومستشاريه الحكماء، ولطالما كان يحذر الملك سيرفيوس من زوج ابنته لوسيوس تاركوينيوس بأنه يضمر له الكره ويحيك له المؤامرات للإطاحة به من على عرش روما انتقاماً لوالده بريسكوس الملك الخامس، فأثناء فترة حكم الملك سيرفيوس حدثت عدة محاولات فاشلة لاغتياله، فكان تاتيوس يعزوها دائماً لتاركوينيوس، لكن الملك الصالح سيرفيوس كان رقيق القلب، فلم يحمل نصائح وتحذيرات مستشاره الخاص تاتيوس محمل الجد، فكان دائماً يجيبه ممازحاً "بأنها أوهام وشكوك سببها شيخوخته"، فبالنسبة للملك سيرفيوس من المستحيل أن أحداً من أفراد عائلته وخصوصاً زوج ابنته أن يقدم على قتله أو حتى يفكر في

ذلك، أما بالنسبة لتاتيوس فقد كانت حقائق ويقيناً.

وعندما شاهد تاتيوس جثة صديقه الملك سيرفيوس وقد مزقتها عجلات عربة ابنته توليا الصغرى ملقاة في وسط الطريق، أيقن على الفور وفي تلك اللحظة بأن الإطاحة برأسه أصبحت وشيكة وسيكون اسمه في أعلى قائمة تاركوينيوس وقد حدث.

كان إترليموس صغيراً عندما قتل والده تاتيوس على يد الحرس الخاص للملك تاركوينيوس، وبعد اغتيال والده بأيام شب حريق في منزل عائلته، ففقد فيه أمه وشقيقته الصغيرة، ولم يكن الحريق حادثاً عرضياً، فقد كان ضمن مخطط الاغتيالات التي عصفت بروما آنذاك، فلم يكن تاركوينيوس يكتفي بقتل خصومه المباشرين بل كان يقوم بتصفية عوائلهم حتى يبيد ذراريهم ويفنيهم، تحسباً من أي انتقام قد يصدر من أبنائهم أو أقربائهم.

فكان إترليموس الوحيد الذي تم إنقاذه من ذلك الحريق على يد جار لهم يدعى (فلافيوس)، كان فلافيوس تاجر عبيد مشهور ذو سمعة حسنة ومحل ثقة العامة، أوى فلافيوس إترليموس الصغير وأولاه الرعاية اللازمة فكبر وترعرع في كنفه، ونجح فلافيوس في إخفاء بنوة إترليموس لتاتيوس وعائلته ليواريه عن أعين تاركوينيوس وجنوده، وأطلق عليه اسم إترليموس، ليعرف بهذا الاسم في كل روما كأحد أقرباء فلافيوس.

أخذ إترليموس عن فلافيوس أساليب ومهارات التجارة، خاصة تجارة العبيد، فقدمه فلافيوس إلى كبار تجار ونبلاء روما فذاع صيته كتاجر حسيب من أغنياء روما، فعلت مكانته بين كبار وسياسي الدولة، ليمتهن إترليموس فيما بعد تجارة البغاء، فيعرف في أنحاء روما باسم (إترليموس لينولوس) فحول منزله الكبير إلى أحد أشهر وأرقى بيوت المتعة في روما، فيأتيه أشهر وأغنى التجار والنبلاء والقادة والشيوخ حتى أصبح يعرف في روما بمجلس الشيوخ الثاني، فتتم فيه أهم الاجتماعات والائتلافات واللقاءات السرية والسياسية والتجارية بين أجساد النساء وحول جرار النبيذ، فكان إترليموس من المقربين للملك تاركوينيوس وأصحاب النفوذ في المملكة وبهذا أصبح الأكثر اطلاعاً على أسرار الدولة ورجالها، وله تأثير قوي في كثير من الأحيان على القرارات السياسة والاستحواذ على أثمن الهدايا والعطايا.

لم يكن إترليموس يحمل أي نوع من الانتقام تجاه تاركوينيوس مع علمه المسبق بأنه قاتل أبيه ومن أشعل النار في أمه وشقيقته، فقد كانت نشأته وتربيته على يد فلافيوس سبباً مباشراً في هذا التغاضي، وعدم الاكتراث بإبطال أي دوافع للانتقام قد تنبثق في رأسه، فأبعده فلافيوس عن أي نية أو فكرة قد تعتريه للأخذ بالثأر،

9

بغمسه وإشغاله في تجارته لتصبح شغله الشاغل، فكان فلافيوس يعظه دائماً: "عندما تقرر السير في طريق الانتقام، اعلم عندها أن هناك دائماً من سيقتفي أثرك".

صنع فلافيوس من إترليموس تاجراً محترفاً الذي استغل دهاءه وفطنته اللتان عرف بهما، فهو لا يتحرج من ممارسة كل أنواع الاستغلال والابتزاز والانتهازية السافرة وبأي وسيلة كانت، لتوصله إلى أهدافه وغاياته.

الفصل الأول

روما

عبدالعزيز حمزة

يتسلل شعاع شمس ذلك الصباح البارد الرطب على هضبة أفانتين وترتفع الشمس سريعاً لينعكس ضوؤها على صفحات نهر تيبيرس الهادئ فيحملها نحو جدران منزل إترليموس الحمراء، مخترقة تلك الشراشف البيضاء الشفافة المعلقة على نوافذه التي أخذت تتموج وتتراقص مع هبّات نسائم روما الصباحية الباردة، والتي حملت معها مزيجاً من روائح أشجار الزيتون والحطب المحروق في أفران الخبز، إنها رائحة روما.

كانت أجساد الرجال والنساء العارية متناثرة وممددة في أرجاء المكان، فطغت عليه روائح الأجساد وأبخرة خشب الصندل وفاحت الجرار والأكواب الملقاة برائحة النبيذ المعتق الذي صبغ الرخام الأبيض بلونه الأحمر الداكن وكأنها دماء تسيل من جثث متراكمة فوق بعضها، أجساد ملونة ملقاة بجانب الدوارق والكؤوس وأطباق الفاكهة الفضية التي أخذت تتلألأ تحت أشعة الشمس فوقعت على وجه إترليموس وكأنها توقظه من النوم معلنه يوما جديدا ونهاية ليلة صاخبة، فتح إترليموس إحدى عينيه ونظر صوب النافذة واضعاً كفه أمام عينيه وهو يحاول رفع جسده المنهك لينهض متثاقلاً مبعداً بقدميه كل ما في طريقه من أوانٍ وأجساد، وقف

13

يلملم رداءه الأبيض الذي صبغ ببقع النبيذ والتصقت به فضلات الطعام ليستر ما انكشف من جسده، توجه نحو مقعده فأسقط جسده عليه محدثاً صوتاً أفاق على إثره كل من في المكان وهم يهمهمون ويتأوهون من خدر كميات النبيذ التي احتسوها.

ينادي إترليموس بصوت مرتفع وبلسان ثقيل لا يكاد يُخرج الحروف على عبده، فيعاود النداء بصوت أعلى أيقظ به من لم يستيقظ: "إترليموس أيها المزعج، صوتك كمطارق الحداد في رأسي! أين عبدك ليحضر لي بعض الماء بالعسل حتى أتخلص من هذا الصداع اللعين." ينظر إترليموس نحو ذلك الصوت الخشن الذي امتلأ بالسُكْر، فإذا هو فلافيوس، فيتوجه إترليموس نحوه مادًّا له يده ليتشبث بها، وهو يحاول جاهداً رفع جسده الضخم من على الأرض ويده الأخرى تمسك برداء فلافيوس ليستر به جسده العاري: "عزيزي فلافيوس تعال واجلس هنا وسأحضر لك ما تريد فور إيجاد عبيدي الكسالى." يتوجه إترليموس نحو حجرات العبيد وهو يتحسس موضع أقدامه بين الأجساد المبعثرة ليجدهم غرقى في نوم عميق، فيركلهم واحداً تلو الآخر ويصيح فيهم لينهضوا، يستيقظ العبيد مذعورين وقد علا وجوههم التعب والارتباك، فيأمرهم إترليموس بأن يبدؤوا العمل بإيقاظ جميع من في المنزل من الضيوف وإيقاظ النساء

وإحضار دوارق الماء للاغتسال ويشرعوا في ترتيب المكان، فيجد إترليموس عبده الأمين تِبْتُوس وقد وقف خلفه: "أُنعمت صباحاً يا سيدي"

"تبتوس، أيقظ هؤلاء البلداء ليقوموا بمهامهم"

"حسناً يا سيدي"

يعود إترليموس لمقعده حاملاً كأساً كبيراً ملأه بالماء والعسل ليقضي على صداع النبيذ وحرقته، وعبيده قد انتشروا أمامه في القاعة الكبيرة يساعدون زوار المنزل على النهوض وهم يقدمون لهم أكواباً من الماء الذي مزج بالعسل ويحملون لهم دوارق الماء البارد ليغسلوا عن وجوههم آثار الثمالة التي...، في هذه الأثناء لمح إترليموس أحد عبيده وهو يكبُّ الماء على رأس فلافيوس: "لازلت هنا فلافيوس؟"

يرفع فلافيوس رأسه الضخم وهو يهزه بقوة فيتناثر في كل اتجاه ما علق من ماء في أطراف ما تبقى في رأسه من شعر، وبصوت اختلط بالسعال: "نعم، سأجلس قليلاً حتى تختفي آثار هذا السكر اللعين، فاليوم لدي جلسة طارئة في مجلس الشيوخ"

"جميع جلساتكم أصبحت طارئة هذه الأيام!"

"جلسة اليوم غريبة ومختلفة، سنصوت اليوم وبأمر من الملك العظيم تاركوينيوس على قرار منحه صلاحيات جديدة، فيما يخص القضاء"

يعلو وجه إترليموس الاستغراب فيرد ساخراً: "تستطيع

15

إذن أن تذهب إلى المجلس وأنت مخمور فلافيوس، فلن يحدث ذلك فرقاً كبيراً، فهذا قرار محسوم مسبقاً بتصويتكم أو بدونه!"

يستلقي فلافيوس على بطنه الكبير ويشير لأحد العبيد بأن يفرك له ظهره العاري، وبفم محشو بحبات العنب وبصوت منخفض: "صدقت إترليموس، وعليك أن تعرف أن هذه الصلاحيات ماهي إلا لتمكنه من الاستقلال بالقضاء ونزعه لنفسه بعيداً عن القضاة والقوانين المتوارثة ولتخوله إبطال أي حكم قضائي أو حتى إصدار قوانين جديدة بما يراه مناسباً لشعب روما!"

"تقصد بما يناسب تاركوينيوس وأتباعه من الشيوخ ونبلاء روما."

"اخفض صوتك إترليموس! ماذا دهاك؟، منذ متى تتحدث في هذه الأمور؟"

يقترب إترليموس من فلافيوس: "لا أدري فلافيوس، فلي بضعة أيام يعتريني شعور غريب يدفعني نحو التفكير في الظلم الذي أراه حولي واستضعاف الناس وكأن العدل تخلى عن روما!"

يهمس فلافيوس: "إذا أردت أن تتحدث في مثل هذه الأمور تأكد أولاً بأنك تتحدث معي فقط، ولا تشاطر أحداً بما يعتريك من هواجس أو يدور في رأسك، واعلم إترليموس، أننا لسنا سوى بضعة شيوخ في مجلس داخل إحدى حجرات قصر تاركوينيوس!"

16

لينفعل إترليموس فجأة: "بل أنتم أفواه مكممة بالخوف على أرواحكم وأموالكم فلافيوس"

"ماذا اعترى عقلك اليوم إترليموس؟!، هل تخفي عني شيئاً؟، لولا أنني أعرفك منذ صغرك وأعرف مدى اندفاعك ورعونة ألفاظك، لقذفت في وجهك بهذا الكوب! أنت تعلم أن الشرفاء منا في المجلس لا يستطيعون فعل شيء لقلَّتنا وضعف حيلتنا، وإن فكرنا فقط في فعل أي شيء فسيتم اغتيالنا في مخادعنا ونحن بين نسائنا وأبنائنا، تذكر أيها الصبي ما علمتك وأسديت لك من نصائح بأن تبقى نفسك بعيداً عن السياسة وتهتم بتجارتك وحياتك فقط، وإلا سوف تكون أول ضحايا عالمك الذي ستنشئه داخل عقلك"

"أعتذر منك فلافيوس، فأنا لم أقصدك بكلامي هذا، فأنت في منزلة والدي وكنت لي بديلا عنه بعد مقتله، وانفعالي هذا أعتقد له أسبابه"

"وما هو هذا السبب الذي قد يودي بحياتنا هذا اليوم؟"

جلس إترليموس مواجهاً فلافيوس: "رأيت في السوق بالأمس (هيردونيا)"

"ومن تكون هيردونيا؟"

"ألا تذكر هيردونيا؟ ابنة (تورنوس هيردونيوس)، رأيتها وهي تأكل مما سقط على الأرض من بقايا الطعام العطن، ترتدي ثياباً ممزقة رثة، تعرض جسدها على العامة مقابل كوب من النبيذ أو الطعام، فتذكرت قصة

مقتل أبيها التي أخبرتني بها قبل سنوات، سأذكرك
بالقصة فلافيوس لعلك تجد لي عذراً لسخطي وغضبي،
كان تورنوس من كبار قبائل اللاتين وكان ضمن الوفد
الذين اجتمعوا في بستان (فيرينتينا) المقدس مع
تاركوينيوس لإبرام معاهدة تحالف بين روما وقبائل
اللاتين، فبمجرد أن سمع تاركوينيوس تورنوس وهو
يعترض على شروط المعاهدة ويحذر قومه أمامه مما
يضمره من شر لهم وسمه الذي دسه في تلك المعاهدة،
حتى دبر له تاركوينيوس مكيدة دس السلاح في بيته ليتهم
تورنوس لاحقاً بخيانة المعاهدة والانقلاب على
تاركوينيوس وعلى روما، فيأتي به تاركوينيوس في
اليوم التالي وفي نفس المكان مكبلاً وأمام كبار قبائل
اللاتين وشيوخ المجلس فيأمر حرسه بإغراقه في بركة
البستان أمامهم حتى هلك!"

يدفع فلافيوس بيده العبد الذي انشغل في فرك جسده،
فيجلس ملقياً بطرف ردائه على كتفه واضعاً كلا كفيه
على ركبتيه مطأطئاً رأسه: "أعلم إترليموس، أعلم، فقد
كنت حاضراً تلك الجريمة ولا يزال ذلك المشهد الشنيع
عالقاً في ذهني حتى اليوم، كنت على يقين بل أنا لا أزال
على ذلك اليقين حتى الآن بأن تورنوس كان بريئاً مما
اتُّهم به، فأنا أعرفه تمام المعرفة فقد كان سيداً في قومه
شريفاً نبيلاً، وما حدث له ماهي إلا مكيدة قذرة دبرها
له تاركوينيوس وأعوانه، لازلت أذكر تعابير وجه

تورنوس وهم يضعون حول رأسه ذلك الصندوق الخشبي الذي ملأ بالحجارة، فتقذف به يد الغدر داخل تلك البركة السوداء، ليختفي تورنوس وتلفه ظلمتها"

يرفع فلافيوس رأسه ممسكاً بأطراف ثياب إترليموس: "أكان عليك ذكر هذه القصة أيها النكد؟ لقد أفسدت علي صباحي ويومي كله"

يقف إترليموس: "هل عرفت السبب الآن فلافيوس؟ فرؤيتي لهيرودونيا وتذكري قصة أبيها أشعلت ذكرى مقتل والدي وشقيقتي..."

ليقاطعه فلافيوس بحدة: "إترليموس، تراجع عن ما يدور في عقلك وأزح عنك هذه الأفكار الضارة"

"لاتقلق، سأذهب الآن لأتجهز للذهاب إلى السوق، فهناك قافلة قادمة محملة بالعبيد من النساء، ولنا لقاء هذا المساء، أليس كذلك؟"

"بالتأكيد، فهنا مقر النسيان وبيت المتعة والأحلام، انتظر... لم تخبرني ماذا حل بهيردونيا؟"

"أحضرتها معي من ذلك اليوم لتعيش هنا بين الفتيات الأخريات"

"وهل ستزاول مهنة الفتيات الأخريات؟"

"بالتأكيد، فهل سأقوم بإيوائها وإطعامها دون مقابل!"

يضحك فلافيوس: "كم أنت عطوف إترليموس، فأنت تملك قلباً تجارياً رقيقاً"

"حسناً فلافيوس"، يظهر إترليموس بعض الامتعاض

من كلمات فلافيوس الساخرة، ويتوجه إلى حمامه فيصحبه عبده تبتوس الذي أعد له حوض الماء الساخن ونثر فيه الزيوت العطرية والزهور، جلس إترليموس في حوض الاستحمام الذي نقشت جوانبه بالزخارف الإتروسكانية الملونة، وبدأ تبتوس في فرك جسد سيده، فغفى إترليموس على تدليك تبتوس له والماء الدافئ الذي أرخى جسده، ليفيق بعد لحظات فيجد تبتوس واقفاً بجانب الحوض حاملاً قطعة كبيرة من القماش، وقف إترليموس عارياً ليشرع تبتوس في تجفيف جسد سيده بكل اهتمام، فيحضر تبتوس ملابس إترليموس من أفخر أنواع التوجا وقد فاحت منها أزكى العطور، فيباشر إلباسه إياها بكل دقة متناهية.

في هذه الأثناء علت وجه تبتوس علامات الارتباك والتردد وكأنه يرغب في قول شيء فشعر إترليموس بذلك ليفاجئه قائلاً: "تكلم..."
ليرد تبتوس متلعثماً: "سـ يدي...!"
"قلت لك تكلم"
تجرأ تبتوس وأطلق لسانه قائلاً: "سيدي، سيأتي الليلة القائد سكستوس ابن الملك تاركوينيوس"
تغير وجه إترليموس على الفور وسحب ملابسه من يد تبتوس بشدة وتوجه نحو النافذة ووقف ساكناً برهة وهو ينظر نحو نهر تيبيرس لم ينطق بكلمة واحدة، وتبتوس

20

ينظر إليه ينتظر رده ليبادره تبتوس: "سيدي!"

"هل تعلم تبتوس كيف سمي هذا النهر العظيم بنهر تيبيرس؟"

"لا سيدي، لا أعلم."

"كان يسمى قديماً نهر (آلبولا)، وفي أحد الأيام غرق فيه الملك (تيبيرينوس) ملك (آلبا لونجا) آنذاك، فسمي بعد ذلك باسمه (تيبيرس)، تخليداً لذكراه، التاريخ تبتوس يخلد أسماء القادة العظماء والطغاة والأشرار على حد سواء، ولا يفرق بينهم، فتسمى الأماكن والأزمنة بأسمائهم لتبقى مدى الحياة، فيتناقلها الناس إما معظمين ومقدسين وإما لاعنين أصحابها كلما تذكروهم"

يستدير إترليموس ويخطو بخطوات سريعة نحو تبتوس الضخم ذو القامة الطويلة محاولاً الاقتراب من وجهه قدر المستطاع، وبانفعال شديد: "سوف يصبح هدفي الوحيد في هذه الحياة أن لا يخلد اسم سكستوس في أي مكان ولا زمان، بل سأنتزعه حتى من ذاكرة الآلهة!"

يكمل إترليموس ارتداء ملابسه وهو في حالة غضب وتجهم: "هل تم تأكيد حضور هذا الوغد؟"

"نعم سيدي، فقد عاد اليوم فجراً من (جابي) على رأس فيلقه منتصراً بضمها لروما، وقد كانت رسالته التي أرسلها مع أحد جنوده بالأمس أنه سيحضر اليوم مساءً مع بعض كبار قادة الجيش وبعض الجنود ليحتفوا به

ويحتفلوا بنصرهم، كما وجه بتجهيز أجمل نسائنا وأفخر أنواع النبيذ والطعام، وأرجو المعذرة سيدي على تأخري في إبلاغك بهذه الرسالة البارحة، فقد كنت منشغلا مع ضيوفك ولم أرغب في أن أقطع عليك أحاديثك"

ليعود تبتوس لحالة الارتباك والتلعثم: "هناك أمر آخر سيدي"

"تبتوس، لا يوجد أمر آخر أسوأ مما قلت"

"سـ يدي، قد طلب ذلك الجندي أيضاً أن يتم تجهيز (كيلويليا) لتكون في صحبة القائد سكستوس الليلة"

وبصوت مرتبك ووجه مذعور، يكمل حديثه محاولاً تبرير عدم إبلاغ إترليموس: "سيدي حاولت مراراً أن أطلعك البارحة على هذه الرسالة لكنـ..."

انفجر إترليموس غضباً عندما سمع اسم كيلويليا، فيمسك بعنق تبتوس الغليظة ويطبق قبضته بكل ما أُتي من قوة وبقدر سخطه، حتى أحمرت عينا تبتوس وانقطع صوته وأعاق تنفسه، لكن تبتوس صاحب الملامح المخيفة والبنية الضخمة لم يحرك ساكناً واستسلم تماماً لسيده ليفرغ فيه غضبه وكأنه قطعة خبز مبللة في يد إترليموس، وبعد لحظات ترك إترليموس عنق تبتوس، الذي على الفور ملأ صدره بشهيق قوي عميق، ليمسك إترليموس بإحدى قناني عطوره الثمينة ويرمي بها في اتجاه تبتوس فتخطئ رأسه لترتطم بالحائط فتتناثر في أرجاء الحجرة.

عدل إترليموس من ملابسه وبكل هدوء مصطنع: "هناك قافله قادمة وبها بعض العبيد، سأذهب لأعاينها، أتْمِم عملك وتأكد من ترتيب المكان وأخرج من تبقى من ضيوف البارحة وقم بتجهيز كيلوليليا وباقي النساء، فسأكون منشغلاً بهذه القافلة طيلة النهار."

"سيدي، علي مرافقتك"

"تبتوس نفذ ما أمرتك إن كنت تريد الإبقاء على حياتك"

"حسناً سيدي"

يعهد إترليموس عادة لعبده وخادمه الأمين تبتوس ولا أحد سواه في كل ما يخص النساء وتجهيزهن، فنساء إترليموس هن سلعته الثمينة التي يقدمها كل ليلة لضيوفه ومرتادي بيته، فمن مهام تبتوس تجهيزهن وتعريف الجدد منهن بقوانين وأحكام العمل في المكان الذي سيصبح بالنسبة لهن عالمهن وحياتهن ومقرهن الوحيد والأبدي، فإترليموس يملك الجميع روحاً وجسداً، وتبتوس هو يد إترليموس القوية، والحانية أحياناً وقبضته الباطشة التي يسلطها على كل من يفكر في الهرب أو التمرد أو تسعير الفتن بين عبيده.

ومن عادة النساء في كل صباح أن يذهب بهن تبتوس نحو بركة الماء الكبيرة التي تتوسط المنزل الفسيح فينزلن فيها الواحدة تلو الأخرى للاستحمام في مائها

الصافي الذي سكب فيه أفخر أنواع الزيوت ونثرت على صفحاته زهور اللافندر والياسمين البري فتفوح من أجسادهن الروائح الزكية، ويقوم عليهن خادمات خصصن لتنظيف وتدليك أجسادهن الرقيقة لتزداد نعومة، وغسل شعورهن ذات الألوان المختلفة، فتُسمع ضحكاتهن البريئة وتتعالى لتملأ أرجاء المنزل كل صباح فتشرق وجوههن الجميلة وأجسادهن العارية الخلابة، يلهون في الماء في مشهد يسلب العقول والألباب، وكأنهن بنات جوبيتر اللاتي كشفت عنهم السماء حجابها حتى يراهم البشر.

وفي هذه اللحظات المحاطة بالسعادة الغامرة، يغمر كل واحدة منهن ذلك الإحساس المفعم بالسمو فتشعر وكأنها إلهة تجوب السماء وتطوف بين سحبها، وعندما يحل المساء تباشر الخادمات تزينهن بأجمل وأثمن الثياب الشفافة والعطور والحلي الإتروسكانية، ويجلب الليل معه مرتادي منزل إترليموس من الرجال ليستعرضوا ويختاروا من لآلئ عقد مُد أمامهم، ليغتالوا في جنح الليل وتحت شعل القناديل المرتجفة كل حلم وشعور فيجردوهن من كل نبضة دغدغت قلوبهن المرهفة في ذلك الصباح، ليعودوا في صباح اليوم التالي يتفقدون أجسادهن تحت ضوء الشمس ما أخفاه الليل من لطوخ وعلامات العنف والإذلال فيغسلوا عن أجسادهن ما علق

بها من آثام.

تنتهي فترة الاستحمام لتبدأ فترة الطعام ومن ثم يتوجهن جميعاً إلى حجراتهم بعد وجبة الإفطار بمعية تبتوس الذي يقوم بتفقد صناديق ملابسهن و حليهن ويجلس مستمعاً لطلباتهن، لكن ما يهم تبتوس فعلياً في جلسة الاستماع هذه هي تلك الأسرار والقصص التي تنساب على ألسنة سكارى الشيوخ والقادة والنبلاء من رجال روما أثناء وجودهم في خلواتهم معهن وخصوصاً أولئك المقربين من بلاط الملك تاركوينيوس، ليحملها تبتوس بكل دقة وأمانة، إلى آذان سيده إترليموس الذي يستخدمها ويستغلها بدوره في كل ما فيه مصلحته ويصب في منفعته الشخصية، فأحاديث العراة لا أسرار فيها.

تنتهي تلك الفترة بقسط من النوم الجماعي والإجباري حفاظاً على نضارة وجوههن وأجسادهن، ليستيقظوا عند غروب الشمس، لتبدأ مرحلة الفرز العامة، فتستبعد المريضة والحائض ومن وجد بجسدها كدمات، ليتم لاحقاً معالجة من منهن في حاجة لعلاج، وقبل ذلك يتم التأكد من نظافة أبدانهن بالكامل، وكل ذلك وأكثر يتم عبر نظام وأسلوب متقن لا يتخلله الخطأ أو النسيان، فتصبح كل واحدة لها شكل وتصميم خاص قد وضعه

25

إترليموس لها مسبقاً وحسب ما يراه مناسباً للون بشرتها وعينيها وقامتها وطول ولون شعرها ومن أي منطقة هي، وبناءً على ما يناسب رغبات ضيوفه المرموقين، فهو يهتم بأدق التفاصيل، ليبدأ بهن ليلة أخرى جديدة مع ضيوف جدد والمرتادين المعتادين ممن يحملون الولاء للمكان، فمنزل إترليموس يعد من أرقى بيوت البغاء والمتعة في روما كلها.

يخرج إترليموس ليجد بعض عبيده في انتظاره، فيتوجه بهم نحو ساحة سوق روما الرئيسي، والذي اعتاد جميع تجار روما ونبلائها وشيوخها التجمع والالتقاء فيه يومياً للشراء والبيع والمقايضة، وفيه تتم أكبر صفقات بيع وشراء العبيد ويباع فيه أفخر أنواع النبيذ وأثمن المنسوجات التي تأتي من خارج روما، وتقايض فيه المحاصيل الزراعية، فالزراعة مصدر روما الاقتصادي الثاني بعد الحروب وما تجلب معها من غنائم ثمينة، وفي زوايا السوق يتم دفع الرشاوى للفاسدين من رجال الدولة والشيوخ، واستئجار القتلة والمجرمين، وتسمع فيه قصص البطولات لشخصيات رومانية قديمة والأغاني والشائعات، وتحاك في أروقته أشنع المؤامرات، وتأتي القوافل إلى السوق من كل مكان من المدن والقرى عبر القبائل والعشائر المجاورة، حتى أن بعض القوافل تقطع مسافات طويلة كتلك التي تأتي من

بلاد الإغريق.

يصل إترليموس وخلفه عبيده، فيراه بعض التجار الذين اعتادوا الحضور يومياً واعتادوا رؤيته كلما أُعلن عن وصول قوافل جديدة، وقد تجمعوا منتظرين رؤية ما تحمله أول قافله، لكن اهتمامات إترليموس تختلف عن معظم اهتمامات التجار الآخرين، فحضوره ينصب على ما تعرضه القوافل من عبيد وخاصة النساء منهم، ليقوم باختيار الأفضل منهن بعد فحصهن بنفسه وبطريقته الاحترافية، فهو لا يشتري ولا يقبل إلا بأجسام وألوان وأصول معينه ومن الصعب إرضاؤه كونه يقدم دائماً الأفضل للقادة وكبار رجالات الدولة وبعض ضيوف الملك تاركوين الذي يبعث بهم لإترليموس ويعهد له بمهمة إمتاعهم، وفي بعض الأحيان يقدم خدماته للملك نفسه.

يتوجه إترليموس شاقاً الحشود نحو المكان المخصص لكبار التجار والنبلاء والشيوخ فلهم مكان خاص يجلسون فيه يشرف على منصة عرض العبيد وقد ظُلل بقطع القماش لحجب أشعة الشمس وحرارتها، ووضعت جرار النبيذ والماء على الطاولات الطويلة أمامهم، يجلس إترليموس بجانب أحد التجار الذي بادره بالحديث: "إترليموس أيها الثور الجامح! لا تتأخر أبداً

عن موعد حضورك إلى السوق، أتعجب حقاً منك، فأنت تبقى مستيقظاً حتى الفجر مع ضيوفك الشبقين، ونجدك هنا من الصباح الباكر كلما أتت قافلة جديدة، كيف تفعل هذا بحق جوبيتر؟"

ليعقب تاجر آخر بجانب إترليموس: "لابد أنه يملك إكسيراً خاصاً منشطاً صنعه له طبيب الملك، بونتيوس، فبونتيوس أحد عملائه الأوفياء"

وبابتسامة صفراء غمرت وجه إترليموس: "يا سادة، هو حب العمل ولذة إتقانه ما يجعلاني أستيقظ مبكراً كل يوم دون تعب أو كلل، أما فيما يخص الطبيب بونتيوس، فعندما أصل لتلك المرحلة التي أريد فيها أن أتخلص من حياتي سأطلب منه أن يعد لي شيئاً ليقضي علي، فأمواته أكثر من أحيائه"

وخلال هذه الأحاديث العابرة وضحكاتهم العالية تعرض أول قافلة ما لديها من عبيد، وبها عشر من النساء، يسحبهم القيم على القافلة من طرف سلسلة حديدية قد طوقت أعناقهن وكبلة أيديهن وأرجلهن، فيوقفهم متراصين على المنصة الخشبية، محاطين بحراس القافلة الحاملين للسيوف والهروات تحسباً لفرار أي من العبيد والجواري، ينظر الجميع لإترليموس وهو ينزل عن مقعده فيشق طريقه نحو منصة العرض فيبتعد عن طريقه العامة مفسحين له الطريق وملقين عليه التحية،

فالجميع يكن له التقدير والاحترام لمعرفتهم بحبه لعمل الخير ومساعدة الفقراء والضعفاء ومعاملته الحسنة لعبيده، فيكمن سر شهرته ورواج تجارته في علاقاته الاجتماعية المميزة مع الجميع وعلى حد سواء، يصعد إترليموس إلى منصة العرض ويقف أمام المرأة الأولى ويسأل قيم القافلة: "هل هذه من الجنوب؟"

"نعم سيدي هي من فولشي"

فإترليموس يملك الخبرة الكاملة في معرفة القبائل والعشائر من خلال ألوان البشرة وشكل الشعر واللغات واللهجات المختلفة.

يكمل إترليموس تفحصه لهن الواحدة تلو الأخرى، فقيم القافلة يعلم أن إترليموس لن يشتري أي جارية إذا وجد فيها ما يعيبها، فيمعن النظر في الأسنان ويشم رائحة الفم أو أي روائح أخرى قد تنم عن مرض جلدي أو أي علامات لأمراض أخرى، فيتحسس أرجلها نزولاً إلى العقبين، فيديرها مدققاً في ظهرها ليتأكد من خلوه من أي جروح أو وشوم قد تمنعه من شرائها، فأساس الشراء يعتمد على جسد قوي وملامح جميلة وشعر غزير وبشرة ناعمة وعينان صافيتان، وبعد انتهائه من الكشف يختار إترليموس أربع جاريات، ويشير بيده لأحد عبيده ليأخذ ما تم اختياره، يدفع إترليموس للقيم ثمنهن فيأخذ ما قدمه له دون أن ينظر فيه، فإترليموس معروف بمصداقيته التجارية لا يبخس الناس أشياءهم، فيبادره

القيم بقوله: "ألن تضع الأغلال عليهن يا سيدي قبل نزولهن؟"

فينظر إترليموس للقيم باستغراب ونفور مما قاله: "وهل رأيتني من قبل قد وضعت أغلالً في أعناق عبيدي؟ أنا لا أقيد عبيدي أيها الرجل، فقيدهم الوحيد الذي أضعه حول أعناقهم هو معاملتي لهم!"

يرفع إترليموس رداءه بغضب ويهم بالنزول من المنصة، فيمسكه القيم من ذراعه ويقترب منه هامساً: "سيدي إترليموس، أرجو منك المعذرة"

"لا بأس، واترك ذراعي"

"معذرة سيدي، فأنا لدي فتاة أخرى في العربة خلف المنصة، ولم أعرضها مع الباقين، فقد باعها لي أحد الإغريق وقال لي أنها ابنة امرأة مشهورة عندهم يدعونها (سافو) فلم أكترث بما قاله فأنا لا أعرف من هي هذه سافو لكنني اشتريتها منه لجمالها، وقلت في نفسي هي لسيدي إترليموس فهو يقدر الجمال دائماً، ولن أبيعها بأقل من 100 قطعة"

"سافو! شاعرة الإغريق! هل أصابت حرارة الشمس رأسك يا هذا! خذني لأراها"

"من هنا، تفضل يا سيدي."

توجه إترليموس مع القيم نحو العربة فأخذ الأخير يحل سلاسل بابها فصعد داخلها ليخرج وبيده فتاة ترتدي توجا بالية ملأتها الثقوب ملطخة بالأوساخ، لها وجه جميل

30

بملامح حزينة، بيضاء البشرة عسلية العينين، ذات شعر طويل اِلْتَوت أطرافه، أشرب حمرة الغسق، انسابت خصله على كتفيها ووجهها، وقد ظهرت علامات الجروح على معصميها وأرجلها من أثر الأغلال الضيقة.

أُخذ إترليموس بما رأى وخيم عليه الصمت برهة وهو يتأملها من أعلى لأسفل، فيبادرها بصوت هادئ: "ما اسمك؟ ومن أين أنت؟"
فلم تجبه، فكرر السؤال مرة أخرى فلم تتكلم، ليتدخل القيم بعنف: "أجيبي السيد إترليموس" فنظر إلى القيم إترليموس نظرة غاضبة، صمت وتراجع على إثرها، فأخرج إترليموس كيس نقود آخر ورمى به نحوه، ولم يهتم إترليموس حتى بالتأكد هل هي بكماء، فما رآه من جمالها منعه من التدقيق وحتى التفكير: "سوف أرسل لك أحد عبيدي ليأخذها، ولا تخرجها من هذه العربة حتى يأتيك عبدي فتسلمها له، أما تلك القصة التي أخبرتني بها بأنها ابنة سافو، فقد كذب عليك ذلك الإغريقي، معروف عنهم الخداع والتدليس"
"هذا ما توقعته يا سيدي، وشرائي لها كان لأجلك أنت، فأنا أعلم مقدار اهتمامك بهذا النوع من النساء"
"وأنا أعلم مقدار جشعك وحبك للمال"
يعود إترليموس لساحة السوق ويعهد لأحد عبيده بأن

يذهب للقيم ليستلم منه الفتاة ويأمره بأن يقوم بتغطية وجهها حتى لا يراها الناس ويأخذها مع باقي الجاريات مباشرة إلى المنزل، وأثناء حديثه هذا مع عبده، يقترب من خلفه أحدهم واضعاً يده على كتفه: "إترليموس ابن آلهة المتعة، يهبط على الأرض بين عامة الناس!؟" وبابتسامه عريضة ظهرت على وجه إترليموس وقبل أن يتبين وجه من خلفه: "لوسيوس يونيوس بروتس" فإترليموس يعرف صوت أعز أصدقائه ويميزه من بين كل الأصوات، وبروتس هو ابن (تاركوينيا) شقيقة الملك تاركوينيوس، وهو قائد الحرس الخاص المعني بحماية الملك وعائلته، ويعرف عن بروتس قلة حديثه وصمته الدائم فيما يخص شؤون الدولة والسياسة، وبروده أمام ممارسات الملك وأبنائه الفاسدة، وادعائه المستمر أمام الآخرين بعدم علمه بهذه الممارسات، فهو يتجنب دائماً انتقاد الملك تاركوينيوس وعائلته مهما بلغ انحرافهم وفحشهم، وكان الملك وعند توليه حكم روما أمر بقتل شقيق بروتس بتهمة الخيانة والتمرد، فمنذ تلك الحادثة وبروتس يتصنع البلاهة ويظهر عدم الاكتراث بحادثة قتل أخيه داخل بلاط الملك وخارجه! وحتى لا يواجه مصير أخيه، لكنه عندما يخلو بصديقه المقرب إترليموس يخلع قناعه هذا ويحرر ما في صدره ويزيح عن قلبه سدود الصمت.

"اِمشِ معي إترليموس، أود محادثتك في أمر ما"

32

سارا معاً مبتعدين عن الناس وضجة السوق والزحام، فاختار بروتس طريقاً خالياً من العامة، فعلم إترليموس أن بروتس لديه شيء هام يريد قوله، حتى وصلا إلى قمة تطل على نهر تيبيرس كانا قد اعتادا الجلوس فيها عندما كانا شابين: "هل علمت بعودة سكستوس من جابي؟"

"نعم علمت بهذا الخبر المشؤوم اليوم صباحاً، فقد أرسل أحد جنوده البارحة يطلب تجهيز المنزل له ولبعض جنوده للاحتفال بنصره في (جابي)، وبعد شهور من اختفائه كنت فيها أنا وروما ننعم بالهدوء والسكينة، حتى أنني كنت أصلي لجوبيتر في كل ليلة بأن لا يعود للأبد"

"أعلم إترليموس أن وجوده في منزلك غير مرغوب فيه، فهو يستفزك بمضايقاته وتصرفاته الصبيانية"

ينفجر إترليموس في وجه بروتس: "صبيانية! أتقول صبيانية!، سكستوس طاعون روما الذي لا شفاء منه، هل أحتاج لإنعاش ذاكرتك بروتس بقصة قتله أحد عبيدي بسبب رهان لعين خسره أمام أحد الشيوخ في منزلي؟، أم أذكرك بقصة تلك الفتاة التي كسر فكيها عندما لكمها بمقبض سيفه لأنه سمعها تنشد قصيدة في الملك سيرفيوس؟! انتظر، دعني أخبرك بحادثة قذفه القاضي دوميتوس بجرة ممتلئة بالنبيذ أصابت وجهه على مرأى من الجميع، عندما كان يحاوره معترضاً على محاصيل القمح التي أُخذت عنوة من المزارعين

33

إلى مخازن القصر، هل أكمل بروتس؟ لدي الكثير من القصص عن هذا الفاجر... سكستوس رضع فُحش أمه توليا وخبثها وورث دماءها المسمومة، أكاد أخسر كل شيء بسبب وجود هذا اللعين في حياتي"

"أعلم عزيزي إترليموس، هل تعرف كيف انتصر في جابي.. دعني أحكي لك؟ لقد عاش في جابي وبين أهلها مدة ثمانية أشهر، لهذا لم تكن تراه في روما، بقي هناك بينهم بحيلة لا يُحيكها سوى تاركوينيوس، فخدع قادة وكبار جابي بأنه قد فر من ظلم وإجرام أبيه وأقنعهم بأنه يرغب في إيوائهم له والتحالف معهم ضد تاركوينيوس، فصدقوه ووثقوا به واستضافوه وآمنوه على أنفسهم وأبنائهم ونسائهم، وبعد ثمانية أشهر، أرسل رسالة لأبيه بموعد الهجوم فأرسل تاركوينيوس فيلقاً بقيادة (لوسيوس تاركوينيوس كولاتينوس) ليجد سكستوس وقد فتح لهم بوابة جابي ليلاً وكل من فيها نيام، ليقتحموها خلسة فأحرقوا البيوت وقتلوا كل من قاومهم، وبعد أن استسلمت جابي جمع سكستوس قادتها وكبارها أمامه فوضع السلاسل في أعناقهم وأرجلهم، وأرسل رسولاً لأبيه يستشيره في أمرهم، وبعد أيام أعدمهم جميعاً بناءً على أمر غير مكتوب من تاركوينيوس، بل كان عبارة عن مشهد رآه الرسول من الملك تاركوينيوس، وهو يجتز رؤوس زهور الخشخاش في حديقة قصره بعصا في يده، فنقل الرسول ما شاهد لسكستوس ففهم رسالة

أبيه، فقتلهم ولم يبقِ منهم أحداً، فأي شرف في هذا وأي خسة هذه؟! لم نقف أمام جوبيتر ومارس وأقسمنا عند أرجلهما لنكون من المجرمين والقتلة! بل أقسمنا ونحن متوشحين سيوفنا ومرتديين دروعنا المقدسة التي باركها مارس على أن نكون أشرف وأعظم جيوش الأرض"

لم يرَ إترليموس بروتس بهذا الحنق والغيظ الذي لف كلماته العنيفة، ولم يعهد عليه أن تحدث في الملك أو سكستوس أو حتى عائلته بهذا الاحتداد، فمن الواضح لإترليموس أن بروتس قد بلغ مبلغه في تحمل أفعال تاركوينيوس وسكستوس الاستبدادية والدموية.

"لم أرك ناقماً إلى هذا الحد على أفعال تاركوينيوس أو سكستوس بهذا الشكل من قبل بروتس!"

"إن سكستوس سيف تاركوينيوس الملعون، وقريباً سيغمده في قلب روما، هو سيف العار والخزي في جيش روما العظيم، لقد أهان تاركوينيوس حتى مجلس الشيوخ، فلم يعد لهم كلمة في روما ولا رأي فأخمد أصواتهم بتنصيب نفسه الرئيس الأعلى للمجلس فأصبحوا حفنة من الدمى بيده، وأصبح الكاهن الأعظم والمتحدث باسم جوبيتور بدلاً من رئيس القضاة وكبير الكهنة، لقد أذل روما"

"أنا مصدوم بروتس لسماعي ما تقوله، بروتس صاحب الدم البارد اللامبالي ومدعي البلاهة خوفاً من

تاركوينيوس يقول ذلك، لا أكاد أصدق ما أسمع!"

يقف بروتس ويمد يده لإترليموس يساعده على النهوض ليقفا وجها لوجه: "تاركوينيوس لا يخيفوني، واعلم إترليموس أنه لولا ادعائي البلاهة واللامبالاة لما تردد تاركوينيوس لحظة في نزع رأسي وإلحاقي بشقيقي، لكن ما يقلقني هو آرونس ابن تاركوينيوس الأكبر وزوجته توليا، فهما يقذفونني بنظراتهما التي تحمل بغضاً وحقداً كلما تواجدت عند الملك"

يضع إترليموس يده على كتف بروتس ويهزه: "احترس بروتس، ولا تثق في أحد، فلا أريد أن أخسر شخصاً مثلك هو بمثابة أخ لي"

"سأفعل، فلن يطول الأمر عزيزي إترليموس، سنتحدث في هذا الأمر لاحقاً بعد عودتي من (دلفي)"

ضحك إترليموس: "دلفي!، أذاهب لعرّافات دلفي؟ هل تبحث عن نبوءة ما؟ هذه سابقه لروماني يؤمن بعرّافات الإغريق!"

"لا، لست ذاهباً لذلك، فهذه الرحلة بأمر من الملك، فقد رأى البارحة ثعباناً أسود ينزلق من داخل أحد الأعمدة الخشبية في القاعة، فدب الذعر والهلع بين المتواجدين معه، فوقع في قلب تاركوينيوس بأن هذا نذير مشؤوم يعترض المملكة ويعرض ملكه للخطر، ومع شدة قلقه واضطرابه أحضر العرّافين الإتروسكان وأمرهم بأن

يفسروا له ما شاهده، فنظروا في أحشاء الطيور، فتضاربت أقوالهم ولم يقدموا له إجابة منطقية شافية، فشكك في علمهم وولائهم، فأمرني أن أتوجه لعرّافات دلفي بسؤال واحد وهو: {من سيخلفه على عرش روما، أحد أبنائه أم هذا الثعبان الأسود؟}، وسأصحب معي في هذه الرحلة كل من آرونس وتيتوس وسكستوس، غداً فجراً"

"سكستوس! أجننت بروتس! لا يمكنك أن تصحب هذا الوغد معك إلى دلفي، لا تفعل بروتس، أرجوك لا تفعل، ماذا لو جاءت نبوءة العرافات بأنه هو من سيخلف أباه على عرش روما؟! ستحل بنا كارثة لا محالة وستسقط على روما لعنات جوبيتور والآلهة أجمعين! وستختفي مملكة روميلوس من على وجه الأرض..."

"على رسلك إترليموس، كيف يمكنني أن لا أبلغ سكستوس بأمر الملك ولا أصطحبه في هذه الرحلة؟ لا أستطيع فعل ذلك!"

أخذ يفكر إترليموس كيف يجد لبروتس مخرجاً آمناً من هذه المعضلة بعدم اصطحاب سكستوس إلى دلفي وإيجاد عذر لبروتس أمام الملك: "اسمع ما سأقوله لك بعناية بروتس، سكستوس سيحضر إلى منزلي الليلة ولن يخرج منه إلا والشمس في وسط السماء، عندها ستكون أنت ومن معك في عرض البحر أو على الأقل ستكون

على مسافة بعيدة من روما، وقُل إنك بحثت عن سكستوس ولم تجده وإنك لم تستطِع إضاعة الوقت في ذلك تنفيذاً لأمر الملك، فالملك يعلم مدى حب سكستوس للنبيذ وشدة ثمالته ونومه الطويل، وكما تعلم فعرافات دلفي لا ينتظرون أحداً"

"إترليموس أيها الخبيث أفعل ذلك"

"أمرٌ آخر بروتس، هل تستطيع تأجيل أي خطة أو مؤامرة لديك حتى يمنحني الملك بستاناً على هضبة (كايليان) فهي أمنية قديمة عندي".

يحتضن بروتس إترليموس ضاحكاً ومودعاً له: "حسناً سأفعل، أعرف أن مصالحك تعلو ولا يُعلى عليها شيء"

افترق كل منهما على ما اتفقا عليه بمنع مصاحبة سكستوس شقيقيه إلى دلفي بإخفاء أمر الرحلة عنه، التي قد يتقرر فيها مستقبل روما، فمن الجور أن يقع اختيار الآلهة على سكستوس ويكون هو من يعتلي عرش روما! لكن يبقى أمل إترليموس وبروتس في قدرتهم على إحباطهم أي نبوءات قد تكون كُتبت في أقدار روما وشعبها.

الفصل الثاني

عودة سكستوس

عبدالعزيز حمزة

كان قد بدأ العمل في تجهيز وتحضير منزل إترليموس لاستقبال عودة القائد سكستوس وضيوفه من قادة وبعض جنود الجيش والكثير من نبلاء وشيوخ روما المتملقين الذين دعاهم إترلميوس، فجُهزت جرار النبيذ الفاخر والأواني الفضية اللامعة التي فاضت بأصناف الفواكه واللحوم، وأُشعلت أعواد البخور الفواحة، وملئت المشاعل بالزيوت، ووُضعت الفُرُش الحريرية الملونة على المقاعد الوثيرة، وتم تجهيز حجرات النساء الداخلية بأجمل الأغطية المزركشة الناعمة ذات الألوان الحمراء الإتروسكانية.

ومن عادة إترليموس وقبل أن تبدأ أي ليلة من ليالي المتعة الصاخبة، بأن يمر على غرف النساء للتأكد من إعدادها ويشرف بنفسه على تزيين النساء وملابسهن، ويتفحص أنواع الأطعمة والأواني ويتذوق النبيذ الأحمر الإتروري الفاخر للتأكد من جودته وتفاصيل كل شيء، فيسير بين الغرف والقاعات وخلفه دائماً أثناء مروره عبده تبتوس الذي لا يفارقه، وفي نهاية الجولة يتجمع العبيد والخدم والنساء حول البركة المائية التي توسطت البهو الفسيح وبجانب الأعمدة الرخامية الملونة، فيقف إترليموس أمامهم ليلقي عليهم وكعادته توجيهاته وإرشادات اللحظات الأخيرة.

بدأ إترليموس حديثه مباشرة ودون مقدمات: "الليلة سيحل ضيفاً القائد سكستوس"

41

فتغيرت وجوههم وكل منهم أخذ ينظر نحو الآخر، فبدا عليهم الاضطراب والتوتر والذعر! فعلت همساتهم المسموعة غير المفهومة، ليقطعها إترليموس بإكمال حديثه وهو يمشي بينهم ناظراً لأعينهم الواحد تلو الآخر: "أعلم أنكم لا تحتملون وجود سكستوس ووجود جنوده الشرسين، وأعلم أنكم وفي كل مرة يأتي فيها تكونون أكثر خوفاً على أرواحكم من أي وقت آخر، وأعلم أيضاً أنكم تتحملون الكثير من عنفه وحماقاته هو ومن معه، لكنه يبقى ابن الملك وهو يغدق علينا بكل سخاء ليبقي هذا البيت مفتوحاً، ويُبقي عليكم هذا الترف الذي تعيشون فيه، الذي لم تعرفوه ولم تتذوقوه يوماً ما قبل أن تأتوا إلى هنا، لذا حافظوا على حياتكم ومعيشتكم هذه بالطاعة التامة وبتقديم أفضل ما لديكم دون أدنى تذمر، فبكل تأكيد لن تجود عليكم الآلهة بشيء أفضل من هذا في هذه الحياة أو أي حياة أخرى، وأنا آمركم جميعاً بأن تقوموا بأعمالكم على أكمل وجه، فلي عندكم السمع والطاعة ولكم عندي سقف وطعام، وإلا لسعات السياط أو تكونوا طعاماً للكلاب".

وأثناء حديثه وتوجيهاته وتهديداته يلمح بينهم من بعيد تلك الفتاة التي اشتراها صباحاً تقف بينهم متوارية خلف أحد الأعمدة لا يظهر منها سوى نصف وجهها، فأشار لتبتوس، وقال له بصوت منخفض: "من أمرك تجهيز هذه الفتاة مع الأخريات؟"، وأشار بيده نحوها، "أخرِجها من هنا وأعدها فوراً إلى حجرتها"

تعجب تبتوس من أمر سيده وهذا التغيير المفاجئ في عادات وتقاليد بيت إترليموس! فالمعتاد أن يقوم تبتوس بتجهيز كل فتاة يشتريها إترليموس لتُعرض وتعمل في نفس الليلة، فهن لتقديم خدمات المتعة أولاً وأخيراً، ومن عادة إترليموس إمتاع ضيوفه ومرتادي بيته بأن تفتتح أي ليلة بعرض النساء الجديدات عليهم، فهم يدفعون أكثر في العذارى والجاريات الجدد، فالتجربة الأولى دائماً لها وقعها الذي لا يُنسى وهي عادة مكلفة.

"معذرة يا سيدي، سأفعل" يتجه تبتوس نحو الفتاة، فيستوقفه إترليموس: "انتظر، اذهب بها إلى حجرتي"، يقف تبتوس للحظة وهو ينظر نحو إترليموس متشككاً في صمت، "هل قال اذهب بها إلى حجرتي؟"، فيعيد إترليموس عليه مرة أخرى متذمراً: "ما بك أيها العبد؟ قلت لك اذهب بها إلى حجرتي، ألم تسمع؟!"
"نعم سيدي"

لم يعد استغراب تبتوس هو الوحيد بين المجتمعين في الساحة من العبيد! فبعد أن طلب إترليموس منه الذهاب بالفتاة إلى حجرته الخاصة والتي تعتبر من الحدود الممنوعة والأماكن المحرمة على كل من يعمل لديه سوى تبتوس، علا وجوه الجميع الاستغراب وعدم الفهم، فأخذوا ينظرون نحوها نظرة استكشاف عن ما يميزها عنهم ولِمَ هي بهذه الأهمية عند سيدهم، فهذا يحدث لأول مرة.

يأخذ تبتوس بيدها متوجهاً بها إلى حجرة إترليموس

وأعين الجميع ترقبهما بمن فيهم إترليموس الذي أعاد انتباه الجميع نحوه بالتصفيق قائلاً بصوت مرتفع: "لنصلي"

يقف إترليموس أمام الجميع وهم حانون رؤوسهم ، فيشرع بالدعاء لجوبيتور بأن يمنحه القوة والاستطاعة بأن يقدم كل ما يمتع ضيوفه ويحميه هو ومنزله ومن فيه من كل الشرور، أطال إترليموس في صلاته هذه المرة، طالباً من جوبيتور بأن يكون بجانبه هذه الليلة، وبأن يقيه شرور أفعال سكستوس وفحشه.

وبعد انتهاء تلك الصلاة الطويلة يأمر إترليموس الجميع بأن يتوجهوا لحجراتهم وينطلق هو نحو حجرته، وعند دخوله يجد تلك الفتاة وقد جلست على الأرض وقد تملكها التعب فنامت بجانب فراشه مسندة رأسها على إحدى زواياه، فاقترب منها بهدوء وجلس على طرف سريره وأخذ يتأمل وجهها الذي أصبح أكثر نقاءً، فسار بنظره على كل جزء في جسدها الأبيض، فيمد يده ببطءٍ شديد لتنساب داخل شعرها فتختفي أنامله في خصل شعرها الغزير التي انسدلت على خديها، وبتردد يلمس خدها الناعم بأظهر أصابعه مخافة أن يوقظ هذه الإلهة النائمة وكأنها بين ذراعي الإلهة جونو وهي تحملها وتجوب بها السحب، فاستيقظت على إحساسها بيد إترليموس فدفعت بنفسها إلى الخلف فزعاً وارتسم على ملامحها شيء من الخوف وشيء من الخجل، ابتسم إترليموس لها ليهدئ من روعها وليصرف عنها أي شكوك أو ارتياب قد تحمله تجاهه، فوقفت وقد فاح منها شذا عطر معتق، كانت ترتدي أفخر أنواع التوجا البيضاء التي أظهرت

لون شعرها الداكن ولون عينيها العسليتين فرفعت أحد
أطراف ثوبها ووضعته في منتصف رأسها وهي تنظر
نحو أطراف أقدامها، فانعكست أشعة الشمس لتتلألأ على
كل جسدها، وحقّتها هالة من نور فأشرقت فأضاءت
الحجرة.

حاول إترليموس أن يخفي إعجابه بجمالها من الوهلة
الأولى فبدت ملامح وجهه ونبرة صوته جدية وهو
يتنحنح، ليبادرها مطصنعاً الاهتمام بإحدى زجاجات
العطر التي أمامه فرفعها أمام النافذة وأخذ يقلبها في
أشعة الشمس: "ما اسمك يا فتاة؟"
وبصوت ملأه الخجل، اخترق أذني إترليموس وكأنه
نغمات قيثارة آبوللو وهو يداعب أوتارها أمام غروب
الشمس، قالت: "توليا"
فما إن ذكرت هذا الاسم حتى تغير وجه إترليموس،
فوضع ما بيده والتفت نحوها وهو يردد بحنق شديد:
"لا... لا، هذا اسم ملعون ونذير شؤم، لن أسمح بأن
يذكر هذا الاسم في بيتي أبداً، من المستحيل بأن تكوني
توليا! دعيني أتأملك"
أخذ إترليموس يدور حولها وهو ينظر إلى مفاتن جسدها
التي انكشفت معالمه وبرزت انحناءاته من تحت ردائها
الأبيض الشفاف: "سأطلق عليك اسم آلبا، فهو يعني
الفجر والضياء وكل شيء أبيض كلون جسدك وإشراقة
ابتسامتك التي لم أرها حتى الآن!"
فتعلو وجه آلبا ابتسامة لا إرادية تحاول إخفائها فتحني
رأسها خجلاً، ليحل محلها علامات الاندهاش! فآلبا لم
تعهد أن تحدث معها أحد بهذه الطريقة من قبل.

45

اقترب إترليموس منها مختلساً النظر نحو وجهها باحثاً عن تلك الابتسامة السريعة، فرفع بكفه رأسها وهو ينظر في عينيها الصافيتين واللتين عكستا صورة وجهه بوضوح: "تلك الابتسامة لابد أن لا تغيب وأن لا تفارق هذا الوجه الذي يشع بحقيقة الجمال، أنت من الجنوب أليس كذلك؟"

"أجل"

يفرغ إترليموس بعض النبيذ في كوبه ويجلس: "من فولشي؟"

"نعم"

"كيف وصلتِ إلى روما؟"

لتشرع آلبا في سرد قصتها: "بعد اجتياح تاركوينيوس وجنوده لفولشي وتدميرها، قتل والدّي وإخوتي مع من قتلوا من الرجال والنساء على يد جنوده، وبقيت هناك مختبئة لفترة طويلة بين المستنقعات مع مجموعة من النساء والأطفال من الذين استطاعوا الاختباء والنجاة بأرواحهم، حتى انتهى طعامنا ولم نجد ما نأكله، فتفرقنا في عدة اتجاهات فصحبت عجوزاً مع حفيديها في رحلة طويلة نحو روما وكنا نختبئ من قطاع الطريق وجنود تاركوينيوس خلف الصخور وفي كهوف الجبال، فقد كانت العجوز صاحبة حيلة ولديها معرفة بالطرق المختصرة التي تؤدي إلى روما، ولن أنسى كلماتها التي كانت ترددها علينا طيلة الطريق وهي تقول: "أن نكون عبيداً أحياء خير من أن نكون أحراراً جيفاً تأكلنا النسور"، وقد ماتت العجوز قبل أن نصل إلى روما، فضللت أنا وحفيداها الطريق، وبعد أيام من التيه

والخوف والجوع، وجدني والصبيين أحد التجار الإغريق فحملنا معه في قافلته وأخذنا عبيداً وآتى بنا إلى روما، فباع الصبيين مع مجموعة من الرجال لأحد الكهنة ليعملوا في بناء معبد جوبيتور، وباعني لأحد تجار العبيد"

بدا على إترليموس الاهتمام بقصة آلبا فصب كوباً آخر من النبيذ وارتشف منه رشفة ملأ بها فمه: "ومن أين أتت قصة سافو تلك بأنك ابنتها؟"

"كان شقيق أمي كثير السفر إلى بلاد الإغريق وكان عندما يأتي لزيارتنا في فولشي يلقي علينا من أشعار سافو وقصصها مع فتياتها مما سمع هناك، فحفظتها أمي عنه، فكانت تنشد منها لي ولإخوتي قبل النوم فحفظت بعضها، وفي طريقي إلى روما كنت أنشد بعض هذه القصائد، وعندما سمعها التاجر الإغريقي سألني من أين لي بها؟ فادعيت أنني ابنة سافو "كِليس"، لعله يتركني إذا ما علم أنني من الإغريق مثله، لكنه لم يفعل، بل رفع سعري عندما باعني بعد أن أخبر تاجر العبيد الروماني بهذه القصة"

"الإغريق مخادعون، يقايضون أمهاتهم مقابل بقرة، هل تحفظين شيئاً من قصائد سافو؟"

"نعم"

"إذن أسمعيني منها شيئاً"

رفعت آلبا رأسها وجالت بنظرها في أرجاء الحجرة وكأنها تبحث عن شيء يبعث فيها الاستلهام، فقصائد سافو لا تُستحضر إلا عندما تحتضن الأرواح القلوب

المفعمة بالشجن، وهنا بدأت آلبا تنشد بصوت كأنه
قطرات المطر وهي تتساقط على أجساد عذارى معبد
ديانا:

هو في عيني يتطابق مع الآلهة.
ذاك الرجل الذي يجلس هناك.
أستمع لك من مسافة قريبة.
أرتشف صوتك العذب وأنت تتحدث معهم.
أسمع ضحكاتك وهي تتألق حولهم.
أقسم بأنك تجعل قلبي يهتز داخل صدري، من نظرة
واحدة نحوك.
فلا أقوى على الكلام.
والكلمات من على لساني تنهار.
شعلة رقيقة خفية تضرم ناراً، فتسري تحت جلدي.
لم أعد أرى شيئاً، والطنين يملأ أذني.
عرق بارد يتسللني.
ورجفة تأخذ بكل جسدي.
أنا أكثر شحوباً من العشب الجاف.
أنا أقرب إلى الموت.
أتوق لتحمل كل هذا.

ما إن انتهت آلبا من إنشادها حتى عمّت برهة من
الصمت والسكون أرجاء الحجرة وكأن الزمن تجمد
وتجمدت معه كل الكائنات حتى الآلهة، فسكن النسيم
وتوقفت رؤوس الأشجار عن التمايل والنهر عن
الجريان، وكأن روما كلها قد خلت من أهلها في هذه
اللحظة، لتظهر لمعة في زوايا عيني إترليموس واختلج

شيء ما في صدره الذي جلس مذهولاً وهو ينظر لآلبا بنظرات مسحور يحتضر، تنسلُّ روحه مستسلماً في سكون تام، ليستيقظ من غيبوبته وكأن روحه التي كانت تحلق في السماء قبل قليل عادت إلى جسده الفاني فجأة فيعود وعيه، فنهض من مكانه وسار نحو آلبا حتى وقف مواجهاً لها قريباً من وجهها، فتحركت خصل شعرها الملتوية من أنفاسه القوية التي خرجت من قاع قلبه، فبسط كفيه لها وبتردد وضعت فيهما كفيها، فأمسك بهما حتى تلاصقت راحة كفيه الدافئتين براحة كفيها الرطبة الباردتين، وهو ينظر في عينيها قال: "ما أجمل ما أنشدتِ! وكأني أسمعه لأول مره، لا، بل أنا حقاً أسمعه لأول مره في حياتي، وقد سمعت معظم قصائد سافو، لكنني لم أسمعها بصوت إلهة مثلك من قبل، إن هذه القصيدة من أجمل قصائدها في الغيرة! فالغيرة بساتين العاشقين التي لا ظلال فيها"

أولع إترليموس بآلبا في هذه اللحظة فضغط على راحتيها واقترب من عنقها حتى تماست شفتاه بأذنها، فارتجفت أجفانها وانسدلت بتثاقل، فهمس بصوت رخيم: "لقد قذفتني بسهم ههُنا..." وهو يضع راحته على صدرها، "يغمرني شعور لا أستطيع وصفه، ويعتريني حدس بأن حياتي لن تكفيني لأنعم بك"

تجمد جسد آلبا وبدأ إترليموس يشعر عبر يديه برجفة سرت في جسدها الذي أخذ يهتز تحت ضربات قلبها القوية ففتحت عينيها بصعوبة وهي تحدق في عينيه بنظرة وقعت في قلبيهما كسهم سريع اخترقهما، فجال

في عقلها فعاشت في قلبه.
يفتح إترليموس باب الحجرة منادياً على عبده تبتوس فيأتي مهرولاً: "نعم سيدي"
يعود إترليموس لمقعده آخذاً بإحدى يدي آلبا التي وقفت بجانبه، وقبل أن يتحدث إلى تبتوس، مالت نحوه آلبا قائلة: "هل سأكون ضمن النساء الأخريات؟"
فيسمع تبتوس ما قالته آلبا، فيرد سريعاً بوجه عابس مخيف: "ألا تقولي سيدي؟!"، ابتسم إترليموس: "اهدأ تبتوس"
وبامتعاض ولؤم يسأل تبتوس: "هل أجهزها لتكون مع باقي النساء سيدي؟"
فيجيبه إترليموس: "لا، فآلبا ليست للعمل مع النساء تبتوس"
"لكن سيدي ماذا سأقول لباقي النساء، وبماذا سأقدمها لهم؟"

ترك إترليموس يد آلبا وعدل من جلسته، وكأنه يتحفز للانقضاض على تبتوس: "هل فقدت عقلك تبتوس، فمن يجرأ على مساءلتي؟!، انتبه تبتوس لما تقول، وأبلغ الجميع بأن آلبا تخص سيد هذا البيت"
تراجع تبتوس إلى الخلف مطأطأً رأسه: "أرجو المعذرة سيدي، سأفعل ما تأمرني به"
"اذهب وأحضر بعض الطعام لآلبا، هنا في حجرتي، وأيقظني عند غروب الشمس"
"نعم سيدي."

وما إن ألقى بنفسه على فراشه حتى استسلم إترليموس

لنوم عميق، فجلست آلبا على أرض الحجرة وبجوار فراشه وعند رأسه تنتظر طعامها، الذي أحضره تبتوس لها بعد لحظات ليضعه أمامها وهو ينظر إليها بملامح علاها الغضب، وهي تبتسم له شاكرة ولتهدئ من غضبه الذي كانت سببا فيه.

وعند غروب الشمس يستيقظ إترليموس على صوت تبتوس الغليظ الخشن وهو يوقظه، فيفتح عينيه ليجد تبتوس وقد سد ناظريه وملأ وجهه الحجرة، فيدفعه لينظر في أرجاء الحجرة باحثاً عن آلبا فيجدها في مكانها نائمة في سكون، ابتسم إترليموس ونظر لتبتوس: "انظر لهذا الوجه تبتوس، إذا توسد الجمال القلوب تلحفت الوجوه به"

"نعم يا سيدي"

"اسمعني جيداً تبتوس، كما قلت لك، آلبا ليست هنا لإمتاع الضيوف، احرص على عدم ظهورها أثناء وجودهم، واحرص على عدم مغادرتها هذه الحجرة، هل تفهم؟"

"حسناً سيدي"

ينهض إترليموس من فراشه متثاقلاً فيحضر تبتوس له بعض الماء ليغسل وجهه، فيخلع تبتوس عنه جميع ملابسه ويحضر بعض الزيوت العطرية ويشرع في دهن جميع جسد سيده، ثم يحضر ملابسه ويساعده في ارتدائها.

استيقظت آلبا في هذه الأثناء على روائح الزيوت الزكية

التي انتشرت في أرجاء الحجرة، فوقفت مسرعة فانتبه لها إترليموس، فبادرها وهو يرتدي ملابسه: "ها أنت قد استيقظتِ، هل من أحلام سعيدة زارتك، أم أن طعام تبتوس الثقيل منعها من الدخول؟"

ابتسمت آلبا، ولم يبتسم تبتوس الذي انشغل في تنسيق ملابس سيده، توجه إترليموس نحو باب الحجرة مغادراً وخلفه تبتوس وهو ينظر لآلبا نظرة طويلة حتى أغلق تبتوس باب الحجرة خلفه، ولم تمضِ لحظات حتى عاد إترليموس ليجد آلبا لاتزال واقفة في مكانها فتوجه نحوها: "نامي على فراشي إن أردتِ؟ وسوف آمر تبتوس بأن يتفدك في كل وقت إن كنتِ بحاجة لأي شيء، ولا تغادري هذه الحجرة."، وبابتسامة حملت الكثير مما لا يقال تجرأت قائلة: "سأفعل سيدي، وستجدني في انتظارك"

أغلق إترليموس باب الحجرة على آلبا وقد علت وجهه سعادة غامرة بما سمع منها، أما آلبا فراحت تنظر في أرجاء الحجرة فرحة مبتهجة، فتوجهت نحو إحدى النوافذ المطلة على نهر تيبيرس لتجد القمر وقد أضاء أسطح المنازل بشعاعه الفضي الذي انعكس على صفحات النهر ليصنع في وسطه عقداً طويلاً من حبات اللؤلؤ، فتمسح وجهها وتداعب خصلات شعرها نسيم المساء البارد لتهيم في هذا المنظر الأخاذ وكأنها تحلق بين تلك السحب الفضية التي تناثرت في سماء روما وهي تستعيد كل كلمة همس بها إترليموس لها وتسترجع جميع لمساته التي أصبحت وشوماً أبدية لا يمكن انتزاعها من قلبها.

في هذه الأثناء كان إترليموس يجوب المكان ويتفقد التجهيزات ومن خلفه عبده تبتوس ممعناً النظر في كل شيء معطياً تبتوس بعض الأوامر وإرشادات اللحظات الأخيرة، فيسمع بعض أصوات الحاضرين الصادرة من حجرة المجلس فيدخل مرحباً بهم: "عمتم مساءً أيها السادة"

فينظر الجميع نحو إترليموس رافعين كؤوسهم مرحبين به من أماكنهم، فقد أخذ كل واحد منهم موضعه على مقعده الوثير ووضعت أمامهم أفخر أنواع الطعام والفاكهة وجرار النبيذ الأحمر، وازدحم المكان بالعبيد وهم يجولون بين الضيوف يملؤون كؤوسهم كلما فرغت، وانتشرت النساء بينهم، كل واحدة منهن عرفت مكانها وجلست ملتصقة بقرب واحد منهم، واختلطت الأصوات وضج المكان بضحكات الرجال وضحكات النساء الماجنة.

يمر إترليموس على ضيوفه واحداً تلو الآخر مرحباً ويقف برهة مع كل منهم يتجاذبون الأحاديث السريعة والمقتضبة، فيجد السناتور فلافيوس وقد إتكأ على مقعده وظهر بطنه الكبير من تحت ردائه وقد احمر أنفه من كثرة النبيذ: "إترليموس، تعال اجلس هنا بجانبي أيها العزيز ماذا تخبئ لنا الليلة من مفاجآت؟"

"لنبقيها مفاجآت عزيزي فلافيوس بعدم الإفصاح عنها مبكراً"

"آه تذكرت...، ذكرك الملك اليوم في مجلس الشيوخ"

"ذكَرني! أنا؟! ماذا قال أخبرني"

"في نهاية لقائه مع الشيوخ وبعد أن أصدر قراراً بزيادة

عدد شيوخ المجلس قال: لم يبقَ في روما إلا إترليموس حتى نضمه لمجلس الشيوخ ليعتني بنا جميعاً"
وبرد دفاعي لا إرادي يعلق إترليموس: "هذه بالتأكيد دعابة من الملك فهو يعلم أنني لست سياسياً ولا أخوض في أمور الدولة"
وبنظرة فيها تهكم من فلافيوس: "أنا فلافيوس إترليموس، أنت لست بحاجة بأن تخفي نفسك وراء لسانك!"
ليعود إترليموس بإصرار: "هي دعابة من الملك كما قلت لك فلافيوس، أنا لست..."
ليقاطعه فلافيوس متذمراً: "أعلم أنها دعابة، دعابة حقيقية فمن قال لك أن مجلس الشيوخ يتعاطى أمور الدولة أصلاً؟! أوه، لا تدفعني إترليموس للكلام في هذه المواضيع البائسة، فأريد أن أقضي ليلة صاخبة تنسيني كل شيء عن السياسة والحرب والملك وروما كلها، أخبرني أتذكر تلك الفتاة السمراء المتوحشة التي أحضرتها لي قبل أيام والتي بسببها لا يزال جسدي يعاني آلاماً من جموحها، كانت كالفرس المستعصية"
"نعم أذكرها فأنا من أحضرتها لك!"
يميل فلافيوس نحو إترليموس هامساً: "هل هي متفرغة الليلة؟ لم أرها بين الأخريات!"
وبضحكات مكتومة وهو يربت على كتف فلافيوس: "هي ليست متفرغة ولا أنصحك بها الليلة فلم يعد جسدك قادراً على تحمل السمراوات الجامحات فلافيوس"
ينتفض فلافيوس فجأة في جلسته وبملامح جادة: "ماذا! أتشكك في قوتي وصلابة جسدي أيها الشقي؟، أنا أحمل قوة مئة ثور، أحضرها لي وسترى، أين هي؟ ما

اسمها؟"

وأثناء مرور طبيب الملك بونتيوس الذي لم يستطع منع نفسه من سماع هذا الحوار المضحك، ينضم لهما مشاكساً فلافيوس: "فلافيوس أيها المسكين قلت لك أكثر من مرة دعني أصنع لك إكسيراً يعيد بنيان ما أتلفه الدهر؟"

ينظر فلافيوس له رافعاً أحد حاجبيه ليقول له بامتعاض: "بونتيوس، ابتعد عني أنت وعقاقيرك القاتلة فجميعها مصنوع من سم الأفاعي والعقارب، ولست بحاجة لها" ليتحول فلافيوس بنظره نحو إترليموس وبابتسامة مصطنعة: "عزيزي إترليموس، أحضر لي تلك الفتاة السمراء"

أومأ إترليموس ضاحكاً لبونتيوس بالجلوس إلى جوار فلافيوس وكأنه يهيئهما لمفاجأة ما: "اجلس بونتيوس فلابد أن تشاهد المفاجأة التي حضرتها لفلافيوس، سوف أحضر لك فتاة جديدة اشتريتها اليوم خصيصاً لك فلافيوس، وسأدع بونتيوس يقيّمها ويقرر هل تصلح لك ولحالتك الجسدية أم لا؟ فلا نريد أن ينتهي بك الأمر جثة وأنت معها"

يشير إترليموس من بعيد لتبتوس رافعاً يده بثلاث أصابع إشارة للرقم ثلاثة، فهذه إشارة سرية لا يعرفها سواهما، فكل فتاة جديدة لها رقم حتى يصبح لها اسماً تُعرف به، ليأتي تبتوس ممسكاً بفتاة قصيرة بدينة، تدلت وغطت أثداؤها الضخمة معظم بطنها، يكاد رداؤها التوجا يتفتق من حجم أفخاذها وأردافها الممتلئة، فأقبلت عليهم وجسدها العارم يهتز تحت ضربات أرجلها، فمدّا كل من فلافيوس وبونتيوس رأسيهما إلى أمام وفركا أعينهما

لاستيضاح هذا الشيء المقبل عليهما وهما في حالة من الذهول، وقفت الفتاة الضخمة أمامهم لينفجر إترليموس ضاحكاً وهو ينظر لوجه فلافيوس وبنتيوس اللذان جلسا مصعوقين.

"ما رأيك بونتيوس، هل هناك خطر على فلافيوس؟ أراها متوافقة تماماً مع شخصية فلافيوس وبنيته الجسدية؟"

وبعبارات المتردد المصدوم التي لم يُفهم بعضها بسبب ضحكه: "هي متوافقة جداً عزيزي إترليموس، لكن السؤال الأهم، هل فلافيوس لديه الجرأة الكافية ليتوافق معها؟ أعني هل لابد أن يتم هذا التوافق الليلة؟ فهناك كما تعلم أبرياء في المكان لا ذنب لهم بأن يشاهدوا ما قد يفقدهم شهيتهم وعقولهم!"

وهنا وكزه فلافيوس بمرفقه وكزة صمت على إثرها بونتيوس، ونظر للفتاة مبتسماً: "اقتربي أيتها الفتاة، لا عليك مما يقوله هذان الأحمقان، فهذا يخالل الأفاعي والعقارب، والآخر لا يفقه شيئاً في معاني جمال الأجساد الغضة واللاحمة، اجلسي هنا بجانبي"، فينظر بوجه ساخط، نحو إترليموس وبنتيوس اللذان احمرت وجوههما من شدة الضحك: "اغربا عن وجهي واتركاني وحدي مع ...، ما اسمك أيتها الفراشة؟"
وباستحياء لا يليق بها: "اسمي "سِمني""
"من أين أنت؟"
"من ڤيي"
"ڤيي، مراعي الأبقار الخضراء"

اطمأن إترليموس بأن مفاجأته وهديته قد تقبلها فلافيوس

56

بكل اهتمام وعلى عكس ما توقع: "هل رأيت فلافيوس فأنا أعرف ما يمتعك وما يناسبك؟"
"كيف لا، وأنا معلمك ومن رباك صغيراً أيها الوغد، هيا، هيا، اذهب من هنا وخذ معك طبيب الأموات هذا معك"
يرفع رأسه فلافيوس باحثاً عن أحد العبيد، وبصوته الخشن ينادي: "أيها العبد أحضر جرة نبيذ، وبعض من اللحم..."، فيختلس نظرة نحو سمني وهو يضرب كتفيها الضخمتين بيديه: "بل أحضر جرتين من النبيذ وكل ما لديك من لحم مشوي، فهذه ليلة طويلة مع سِمني من فيي!"
ترتفع ضحكات كل من إترليموس وبونتيوس وكل من سمع فلافيوس وشاهد تلك الفتاة البدينة بجانبه، فأخذ يغازلها ويضع حبات العنب في فمها ويدفعها وتدفعه بقوة حتى كاد يسقط من على مقعده وهو متشبث بأطراف جسدها.

تتوالى مجموعات أخرى من الضيوف فينشغل إترليموس بهم حتى امتلأ المجلس وساحة المنزل بالرجال والنساء والعبيد، وتعالت الأصوات والضحكات ودارت الجرار وكؤوس النبيذ وآواني الفاكهة واللحوم في المكان، واختلطت روائح أدخنة المشاعل وأدخنة البخورات بروائح النبيذ الحادة وعرق الأجساد العارية والشبه عارية حتى عم المكان ضباب أخفى داخله ما لا يمكن رؤيته بوضوح مما يحدث على المقاعد والفُرُش وخلف سُتر الحجرات، ولم يُخفِ تلك الأصوات التي ارتطمت بالأعمدة والجدران، ليعود صداها حاملاً

التأوُّهات المكتومة وآهات الاستمتاع المريبة، كأنه كهف مظلم اكتظ بالشياطين المتوارية.

وفجأة يرفع أحد العبيد صوته معلناً وصول القائد سكستوس ابن الملك تاركوينيوس، فتصمت تلك الأصوات وتوقف الجميع عن الحركة وتحولت أنظارهم نحو مدخل الساحة وعلى وجوههم علامات الاستياء والامتعاض، محاولين إخفاء ذلك خلف الابتسامات الزائفة والاكتراث المفتعل، فدسوا وجوههم خلف كؤوس النبيذ، حتى العبيد والإماء أصابهم الذعر فابتعدت كل واحدة منهن عن ضيفها وتوقفن عن ما كانوا يمارسوه، ما عدا إترليموس الذي انطلق بخطوات سريعة ليكون أول المستقبلين لسكستوس.

يقتحم سكستوس المكان ومن خلفه جنوده اقتحام الفاتحين بخطوات عنيفة اهتزت لها أرض المنزل، منادياً بصوت مجلجل: "أين إترليموس أين سيد المتعة وكبير الملذات؟"، يظهر إترليموس من بين الجموع ليقف أمام سكستوس.
"هنا أيها القائد يا سهم آبوللو المضيء"
فيحتضن كل منهما الآخر، فيشير إترليموس لأحد العبيد فيأتي مسرعاً وبيده جرة كبيرة من النبيذ وبيده الأخرى كأس كبير من الفضة ملئ بالنبيذ فيأخذه منه إترليموس ليقدمه لسكستوس ويمشي معه متجاوزين المدعوين الذين أخذوا يتباعدون أمامهم يميناً ويساراً وهم يهتفون مرحبين بسكتوس حتى وصلا إلى مقعد سكستوس الخاص الذي أُعدّ له، فتسارع العبيد بإحضار أواني

الطعام ليضعوها على المائدة الكبيرة أمام سكستوس،
فجلس حوله جنوده الذين أُخذوا بالمكان وأنواع الطعام
الشهي وجمال النساء اللاتي زخر بهن المكان.

يقف أحد الضيوف أمام سكستوس رافعاً كأسه عالياً:
"ليشهد جوبيتور ومارس أن سكستوس هو ابن روما
البار وقائد حماتها وقاهر أعدائها في السماء والأرض،
فاتح جابي العظيم"
فتعلوا صيحات الجميع مؤكدين ومؤيدين تلك الكلمات
الحماسية تملقاً وخوفاً، فمعظمهم يحملون كرهاً وبغضاً
لسكستوس مدركين أنهم لا يستطيعون إنكار ذلك مهما
حاولوا إخفاءه خلف بضع هتافات زائفة، حتى أن بعض
جنوده يحملون له نفس الشعور بسبب معاملته المهينة
والقاسية لهم، لكن هي رهبة الخطوة الأولى دائماً التي
تمنعهم عن الوقوف بثبات وحيدين في وجه الفساد
والطغيان.

يضع سكستوس كأسه على المائدة بقوة: "كفى، كفى،
الليلة لن نتكلم عن المعارك والحروب، الليلة سنثمل حتى
نسقط، وسنهمس في آذان النساء وسيصرخون في
وجوهنا!"
ضج المكان بالضحكات العالية، ينتهز إترليموس هذه
الفرصة فيومئ لتبتوس من مكانه فيشير تبتوس بدوره
لمجموعة أخرى من النساء ليفاجؤوا الحاضرين فيقفون
متراصين بين يدي سكستوس فتنقطع الضحكات
والأحاديث الجانبية وتبرق أعين جنوده ومدعويه وقد
فغروا أفواههم أمام جمالهن وعذوبة ابتسامتهن وعبير

أجسادهن الذي فاح بينهم ليأسروا قلوب المحاربين القساة، ينظر إترليموس لوجوههم فيسره كثيراً ما يراه عليها من انبهار وإعجاب فهذا يعني أن الليلة ستحمل الكثير من الأموال والمقايضات والمنافع التجارية، وبعض أسرار الدولة في غياب عقول القادة والشيوخ والنبلاء وعلى أسنتهم الثقيلة والتي لا تقدر بأي ثمن، فيأذن سكستوس لجنوده ومدعويه بأن يختاروا من النساء ما يشاؤون.

يظهر في هذه اللحظة (لوسيوس تاركوينيوس كولاتينوس) الذي حضر متأخراً ليجلس في مقعده المعتاد في أقصى القاعة، وهو المعروف في روما باسم (كولاتينوس) نسبة لـ (كولاتيا) اللاتينية التي ولد فيها عندما كان والده (آرونس تاركوينيوس) حاكماً عليها في عهد الملك الخامس (لوسيوس تاركوينوس بريسكوس)، فكولاتينوس تربطه صلة دم قوية بالملك تاركوينيوس وأبناؤه من جهة والده، ويعرف الجميع مدى إخلاصه وولائه التام للملك وعائلته وانتمائه الشديد للإتروسكان الذين ينحدرون منهم جميعاً، لذلك يعتبر كولاتينوس ضمن القلائل الذين يوليهم تاركوينيوس ثقته المطلقة فيكلفه عادة بالمهام ذات السرية العالية، كولاتينوس شخص هادئ الطباع نظراته الثاقبة دائماً تحمل الريبة والشك في الآخرين فهو يفترض سوء النوايا في الجميع كونهم وحسب معتقده أنهم متآمرون خونة دائماً، فلا يوجد داخل دائرة ثقته سوى القليل، وهو محارب شجاع لا يهاب الموت يتقن فنون القتال، وقد شارك في العديد من المعارك حقق من خلالها النصر لروما، وهو متزوج

من امرأة نبيلة من كولاتيا تدعى (لوكريتيا)، ابنة الشيخ (سبوريوس لوكريتيوس تريتشيبيتينوس)، من كبار وجهاء روما ونبلائها.

تزوج كولاتينوس من لوكريتيا بعد قصة حب عنيفة جمعت بينهما وترددت تفاصيلها في كل مكان فكان يتغنى بها العامة في كولاتيا وروما، فلطالما كانا عند الناس رمزين للحب والعشاق، فزادوا وبالغوا في سرد القصص ونظم الأشعار، حتى أصبح لا يوجد فتاة في روما إلا وهامت إعجاباً وحباً بكولاتينوس، وكل شاب يأمل بأن تكون له فتاة في جمال لوكريتيا وصفاتها.

كان كولاتينوس يحب لوكريتيا حباً شديداً وعلى غير عادة الروماني المحارب الذي لا تلهيه متع الحياة عن أرضه وأعدائه، كان لا يخفي كولاتينوس ذلك الحب الجارف فكان يفاخر بشدة تعلقه بلوكريتيا وإخلاصه الأبدي لها أمام الجميع، فلا تمر مناسبة أو حديث عابر إلا ذكر لوكريتيا بجمل تحمل الإطراء والغزل المبالغ فيه مفاخراً بها زوجات الآخرين بأنها أجمل نساء الأرض وأوفى الزوجات وأخلصهن على الإطلاق، مما أكثر حولهما الحساد والغيورين.

اعتاد كولاتينوس الانعزال كلما حضر استضافات إترليموس الليلية في صحبة سكستوس أو مع صديقه المقرب بروتس فيأخذ مكاناً ينزوي فيه بعيداً عن الضجيج وعن ما يمارسه الرجال والنساء وخصوصاً النساء، ويكتفي بالجلوس محدقاً لساعات طويلة في تلك

القلادة التي لا تفارق عنقه والتي صنعتها له زوجته المحبة لوكريتيا، وحفرت عليها صورة لجوبيتور ليتذكرها أينما ذهب وليحميه من الأعداء ويكون له عونا في المعارك والحروب، فكان لا يبدأ قتالاً إلا بعد تقبيل تلك القلادة ثم يعيدها داخل صدره مطمئناً بوجود لوكريتيا معه دوماً، وتحمل لوكريتيا قلادة كولاتينوس التي حفرها بيديه لها والتي لم تخلعها في حياتها منذ أن وضعها كولاتينوس حول عنقها، وكأنهما أداتا الاتصال التي يتراسلان من خلالهما حبهما وأشواقهما.

أخرج كولاتينوس قلادته وأخذ يتحسسها بأنامله داعياً جوبيتور بأن تملأ لوكريتيا قلبه وعينيه وأن تكون معه في كل لحظة ولتقيه الإغراءات والإغواءات التي قد يتعرض لها هذه الليلة، فما يقدمه إترليموس لضيوفه لا يمكن أن تقاومه أكثر القلوب فضيلة ولا حتى كهنة المعابد.

انشغل الجميع في مزيج من صخب الأحاديث والضحكات والمجون والرقصات على أنغام خلفية هادئة لقيثارة تداعب أوتارها إحدى الجاريات، لينتبه إترليموس لكولاتينوس وهو يجلس وحده كعادته، فيتوجه نحوه ويجلس بجانبه مظهراً إرهاقه وتعبه من تجهيزات الليلة وانشغاله بضيوفه واهتمامه الكبير بوجود سكستوس ومن معه .

يعلم إترليموس ولا يخفى عليه ولاء وإخلاص كولاتينوس الشديد للملك تاركوينيوس وأبنائه، فهو دائماً حذر فيما يقوله مع أولئك الذين يحملون ولاءً للملك وعائلته: "كولاتينوس أيها العزيز، كم هي ليلة مرهقة

فلا أكاد أشعر بقدمي، لكنها ليلة تستحق كل هذا التعب بوجود القائد سكستوس واحتفالاً بانتصاره في جابي"

وباقتضاب وبرود يرد كولاتينوس: "نعم هي كذلك"

وبتملق خبيث يحاول إترليموس إزاحة الثلج الذي تراكم على كولاتينوس: "ألا زلت تفضل الجلوس بعيداً عن مركز المتعة؟!... أينقصك شيء أحضره لك؟"

"لا ينقصني شيء، فأنت تعلم أنني أفضل أن أبقى بعيداً عن مغرياتك"

يضحك إترليموس بتفاخر كون هذه شهادة له من رجل عرف بفضيلته وشدة إخلاصه لزوجته: "مغرياتي! مغرياتي تقف دائماً عاجزة أمامك كولاتينوس، فهي على ما يبدو تهابك"

فلا يجيب كولاتينوس ولا حتى يبتسم على ما قاله إترليموس ساخراً ليصمت كل منهما صمتاً بارداً لبرهة، فكولاتينوس قليل الكلام كثير التأمل، وكلاهما لا يشعر عادة بذلك الارتياح تجاه الآخر، فإترليموس دائماً يحمل إحساساً بأن كولاتينوس ينفر منه كلما تواجد معه في مكان واحد.

لا يستسلم إترليموس أمام برود ونفور كولاتينوس ليقطع ذلك الصمت: "كيف حال زوجتك لوكريتيا؟ لابد أنك تشتاق لها كثيراً في ظل بعدك عنها بسبب الحملات العسكرية والحصارات الطويلة"

"هي بخير، وقد اشتقت لها، ولولا إصرار سكستوس بأن أحضر الليلة لكنت الآن بين ذراعيها، لذا سأنطلق مبكراً لكولاتيا لأنعم ببعض الراحة هناك بعيداً عن صخب وكآبة روما"

وبلؤم أكثر حدة وبلاهة مصطنعة: "لماذا لم تفكر بأن

63

تأتي بها لروما؟ فمعظم وقتك تقضيه هنا بين قصر الملك وثكنات الجيش؟ أستطيع أن أجد لك منزلاً فاخراً يليق بك وبلوكريتيا، حتى تصبح قريبة منك وأنت قريباً من الملك"

"لوكريتيا لا تحب العيش في روما وليست من المعجبين بأسلوب الحياة فيها، فهي بالنسبة لها مزدحمة وليس بها حقول خصبة للزراعة، فهي تحب العمل في حقلها وقريبة من جيرانها في كولاتيا، لكنني أشكرك على عرضك السخي"

ضاق ذرعاً إترليموس بهذا الحوار الممل السمج لكنه مُصِر على اختراق كولاتينوس: "لا تشكرني كولاتينوس فهذا أقل القليل أقدمه لقائد مثلك ولزوجتك الفاضلة، فصيتها أصبح مثل قصص الآلهة، فالعامة يتداولون قصص كولاتينوس ومحبوبته لوكريتيا في كل روما، هل تعلم أن مما يتناقله الناس عن لوكريتيا أن جوبيتر وهبك إحدى بناته؟"

"حقاً!"

"نعم، لا تتعجب! فقد أكد لي أحد عبيدي أن هذه القصة منتشرة في روما، ولن أكذب عليك إن قلت لك إنني أصدق ذلك أيضاً"

أثمر أخيراً إصرار إترليموس لينفذ خلال درع كولاتينوس الغليظ فيبتسم: "بالتأكيد أنت تبالغ إترليموس!"

يميل إترليموس نحوه هامساً: "انتبه كولاتينوس ممن يحملون الغيرة والحسد في قلوبهم لك وللوكريتيا، وعليك الحذر منهم دائماً"

"أترى هذه القلادة؟ صنعتها لوكريتيا لي وصنعت لها

64

أخرى فنحملها كلانا لهذا السبب"

"امرأة ذكية، تحب الآلهة والآلهة تحبها، حفظكما جوبيتور"

"أين بروتس؟ فأنا لم أره حتى الآن؟"

لم يتوقع إترليموس سؤال كولاتينوس، ليرد متلعثماً: "بروتس! نعم بروتس، لا أدري، لعل شغله شاغل ما، سيأتي لاحقاً على ما أظن"

وبسرعة بديهة إترليموس محاولاً تشتيت انتباه كولاتينوس عن اختفاء بروتس: "كوبك فارغ كولاتينوس، أيها العبد المزيد من النبيذ هنا للقائد كولاتينوس"

"لا، لا أريد المزيد من النبيذ فهو يصيبني بالنعاس وكما ذكرت لك فأمامي رحلة لكولاتيا"

وبنظرة الحذق يرسلها لكولاتينوس: "لا ألومك، فبالتأكيد أنت لا ترغب بأن تستقبلك لوكريتيا ثملاً تفوح منك رائحة النبيذ"

يضحك كل منهما، فيستغل إترليموس هذه اللحظة، ليسحب كولاتينوس بدهاء حذر بعد تحمله برود كولاتينوس وردوده المملة نحو أعمق نقطة في مستنقعه والذي أعده لكولاتينوس: "أخبرني كولاتينوس، لماذا يُبقي الملك تاركوينيوس على مجلس الشيوخ ويزيد أعداد أعضائه؟ وهو الملك صاحب الرأي السديد والقرارات التي لا يجرؤ أحد على الجدال فيها، هو يعمل لمصلحة روما وشعبها، هذا شيء لم أفهمه!"

يسترعي انتباه كولاتينوس السؤال، فيجيب باهتمام بالغ: "لطالما كان مجلس الشيوخ العلامة الفارقة في تاريخ روما منذ نشأتها على يد أبانا المؤسس (روميلوس)،

وارتبط بعراقتها منذ ذلك الوقت حتى اعتلى عرش روما الملك تاركوينيوس بحنكته السياسية وحكمته، لذا جاء قرار إبقاء تاركوينيوس على المجلس فقط كونه يمثل تراث روما وموروثها العريق ليس إلا، وأشاطرك رأيك بأن لا فائدة من وجوده في ظل وجود ملك حكيم مثل تاركوينيوس يحمل رؤيا لا يراها العامة ومؤَيداً من الآلهة والكهنة"

يجاري إترليموس كولاتينوس في رأيه بتزلف مظهراً اهتمامه وتأييده لما يقول: "نعم، هذا ما قصدته، فهم يبقون مجموعة من المسنين قد استغلوا مناصبهم وأعطوا مميزات لا يستحقونها، ومنهم من أضمر أكثر مما يظهر، ناهيك عن فساد الكثير منهم، فهل مثل هؤلاء يستطيعون أو حتى يحق لهم إدارة مملكة عظيمة كروما؟ فالشعب الروماني كما تعلم شعب عاطفي ينجرف خلف خطب هؤلاء الشيوخ وأصواتهم التي ترتفع من على منابر الساحات التي عادة ما يغلفونها بالكذب والتحريف ويضعونها على لسان جوبيتور، فتشعل شرارات التمرد والرفض في العامة الجهلاء"
"الشعوب العاطفية هي أكثر الشعوب عنفاً ودموية عزيزي إترليموس، وهنا ظهرت حكمة الملك تاركوينيوس فعلم أنه لا يصلحها إلا القمع وقساوة العقوبة، ولولا ذلك لتفلتت الأمور بين يديه ولا انهارت المملكة في لمح البصر، وعليك أن تعلم فبالرغم من عدد الشيوخ الكبير وارتفاع وتيرة خبثهم، يعرف تاركوينيوس مقدار الولاء الذي يحمله كل واحداً فيهم له، فمنهم من أضمر الشر للملك فحدّثته نفسه بالتآمر ضده،

لكن الملك كان دائماً لهم بالمرصاد، كاشفاً مؤامراتهم وشرورهم وكل ما يحاك خلفه في الظلام بفضل فطنته ووقوف جوبيتر الدائم بجانبه، لهذا أتوقع أنه سيسحق مجلس الشيوخ بإغلاقه قريباً"

لم يظهر إترليموس ذعره مما ذكره كولاتينوس بشأن إغلاق مجلس الشيوخ فبلع ذعره: "هذا أفضل لنا جميعاً بالتأكيد، نحن لسنا بحاجة لهؤلاء المسنين الحمقى، فنحن نعيش عصراً زاهياً مزدهراً تحت خيرات وظلال الملك تاركوينيوس"

"وهذه حقيقة عزيزي إترليموس"

"انظر ما قدمه للآلهة ولروما عندما رفع قواعد أكبر معبد لجوبيتور (أوبتيموس ماكسيموس) ليستقر على (صخرة تاربيّان) شاهقاً مطلاً على العالم، وليكمل ما بدأه والده الملك بريسكوس، وعندما أوصى بتوسعة حلبة (سوركوس ماكسيموس) حتى يقدم ما يرفه به عن شعب روما، كم يحب هذا الملك شعبه!... علمت البارحة أن العمل في بناء معبد جوبيتور قد انتهى، وسوف يفتتحه الملك قريباً، لقد أنجز هذا العمل الجبار في وقت قياسي، ألا تعتقد؟!"

"وهذا أيضاً بفضل حكمة ورؤية الملك، فقد أمر أن يعمل في البناء جنود الجيش ليتم الانتهاء منه في أسرع وقت"

"جنود الجيش بجانب العبيد؟!"

"نعم"

ألم يعترض أحد من قادة الفيالق أو حتى الجنود أنفسهم على ذلك؟"

"اعترض الكثير وتم التعامل معهم بالتسريح من الجيش بعد أن ذاقوا السياط، ففي فيلقي فقط تم جلد أكثر من

خمسين جندياً وتم تجريدهم من رتبهم وأسلحتهم وتسريح الكثير من قادة الفيالق"

"تاركوين الرحيم يأمر بجلدهم بدلاً من نفيهم، بل هم يستحقون القتل على تمردهم هذا!"

"صدقت، والاكتفاء بالجلد كان من رأي ونصيحة صديقك بروتس للملك، وكنت أنا من رأيك بأن يقتلوا وتنفى عائلاتهم من روما ومستعمراتها، فما أقدموا عليه يعد من الخيانة، كان على الملك أن يأمر بقتلهم كما فعل في الخونة الموالين لسيرفيوس اللعين، وقادة جابي الأنذال، لكن بروتس كان مقنعاً بحكم منصبه كقائد لحرس الملك الخاص وقربه منه، وأنت تعرف كم هو مُفَوَّه ويعرف كيف ينتقي ألفاظه وكلماته الساحرة"

تذكر في هذه اللحظة إترليموس والده الذي قتل غدراً وأمه وشقيقته اللتان حرقا غيلة على يد حرس تاركوين أثناء حقبة تصفية رجال سيرفيوس وعائلاتهم، ليعود وينتابه ذلك الشعور الغريب الذي يعتريه لأول مرة ليحل محل تفكيره الدائم في تجارته وأمواله ومصالحه، فتمالك نفسه في خضم هذا الحديث المتحجر الذي أخذت كل كلمة فيه تعصف بعقله فترفعه وتطرحه أرضاً، فلم يعاني إترليموس في حياته من نفاقه وما كان يشعر بأي ندم من سلوكه وممارسته التملق مع الآخرين، حتى هذه اللحظة التي شعر فيها بالاشمئزاز من نفسه كلما واصل الحديث مع كولاتينوس، لكنه مجبر على مجاراته ولكن بذكاء وحذر، خوفاً من أن يظهر على وجهه شيء أو تنزلق على لسانه كلمة لا إرادية تحمل في طياتها ما قد يهيج شكوك كولاتينوس نحوه.

"قد أخطأ بروتس في تقديم هذا الرأي للملك"

"أنت رجل تحب روما حقاً إترليموس، ولم أعرف قبل الآن أننا نحمل نفس هذا الحب والانتماء! وأعدك بأن أذكر ولاءك للملك، فهو يقدر المخلصين أمثالك ويقربهم منه ويغدق عليهم"

وحتى يتخلص إترليموس من تلك المرارة التي علت لسانه وذلك الشعور السيئ الذي انتشر في قلبه، عادت طبيعته الخبيثة فأخذ يحفز غرائزه الفاسدة: "لساني يعجز عن شكرك أيها العزيز كولاتينوس، وبما أنك تطرقت إلى ذلك، وكأنك مطّلع على ما في نفسي، فقد كان لدي أمنية لعل الملك يحققها لي بأن يمنحني بستاناً على هضبة (كايليان)، فكم أود أن أقضي ما تبقى لي في هذه الحياة في منزل هناك تحيطه الأشجار والزهور"

"أعدك إترليموس بأن أحقق لك أمنيتك هذه، لكن عليك أن تعدني في المقابل بشيء أيضاً"

أعدك كولاتينوس، قل ماهو"

اقترب كولاتينوس من إترليموس وهو ينظر حوله تحسباً من أن يسمعه أحد، وهمس في أذن إترليموس: "عدني بأن تخبرني عن أي شخص يتكلم في الملك وبأي حديث قد يمسه من قريب أو من بعيد، إن كان من عدو لدود أو حتى من صديق، فهم يخلعون عندك كل شيء"

"وهل تشك في أنني قد أحجب عنك أو عن سكستوس أي معلومة قد تهدد الملك وملكه؟!"

"لا أشك في ذلك إطلاقاً إترليموس"

بالرغم من وعد كولاتينوس لإترليموس بتحقيق أمنيته

ووعد إترليموس له بأن يشي بكل من قد يسيئ أو يدبر أمراً للملك، يعاود ذلك الشعور البشع إترليموس فلم يقوَ هذه المرة على إكمال هذا الحوار الزائف، بعد وعده لكولاتينوس وتلفظه بخيانة أصدقائه، لكنه خرج من هذا الحوار بنتيجة في غاية الأهمية وهي أنه ازداد يقيناً بأن كولاتينوس لا يشبه أحداً من بطانة تاركوين المخلصة، فكولاتينوس مؤيد وبقوة تأييداً مطلقاً لتاركوين وممارساته ويحمل له ولاءً صلباً متيناً لا يشبه ولاء أحد وأشد من ولائه لروما وشعبها.

يستأذن إترليموس بكل لطف من كولاتينوس معتذراً بتفقد ضيوفه بعد أن أغدق عليه بكلمات الشكر والامتنان، ، فيجد سكستوس وقد خرج من حجرته التي أعدت له ليستمتع داخلها بـ (كِلْويلْيَا) وبخصوصية تامة، فوقف سكستوس وهو يرتدي ملابسه، فيستقبله إترليموس مبتسماً: "كيف وجدت كلويليا أيها القائد؟"
جلس سكستوس في مقعده الوثير فقدم له على الفور أحد العبيد كأساً من النبيذ، وعادوا ليضعوا أمامه أطباقاً جديدة من الطعام، فشرب سكستوس كأسه دفعة واحدة حتى سال النبيذ من بين شفتيه على ملابسه، فمسح فمه بظهر يده وهو ينظر لإترليموس الذي وقف أمامه منحنياً وجِلاً ينتظر الإجابة.
"إترليموس، كنت لتصبح قائداً عظيماً! بما تحمله من ذكاء شديد في معرفة دواخل الآخرين وما يُمتعهم وكل ما يُرضيهم، لتبعتك جيوش الأرض."
اطمأن إترليموس وهدأت نفسه بعد سماعه هذا الإطراء من سكستوس، وبسرعة بديهته المعهودة: "الأرض لا

تعرف سوى قائد واحد من نسل تاركوين العظيم اسمه سكستوس، وإن أحببت جلبت لك أخرى بنكهة مختلفة؟"
"لا، فأنا معجب بكلوليليا وإخلاصها لي في تواجدي فقط، ومثابرتها في إرضائي بالطبع"

يضحك إترليموس على ما قاله سكستوس ساخراً، فيواصل استخدام أساليبه المعتادة في استغلال المواقف بكل مكر، لكنه هذه المرة يتمادى ويخاطر بنفسه في أمر ليس له علاقة بمصلحته الشخصية، وكأنه يسير نحو فوهة من نار، فهو لا يزال يحمل في صدره شرارة الانتقام التي اعترته فجأة وأججها حديثة مع كولاتينوس، فيعقب قائلاً: "الإخلاص والوفاء يا سيدي نفتقدهما هذه الأيام في النساء، فليت كل النساء كلوكريتيا النبيلة زوجة القائد كولاتينوس."
"وماذا عنها؟"
"هي كما تعلم منحة جوبيتر لكولاتينوس، فروما كلها تتحدث عن وفائها وإخلاصها وتتغنى بحبهما الشديد لبعضهما البعض."
يضحك سكستوس ضحكة ساخرة عالية ويعتدل في جلسته فيضع كأسه موجهاً كلامه للحاضرين بصوت مرتفع: "من أفضل النساء؟"
فيلتفت الجميع نحو سكستوس محاولين استيعاب السؤال المفاجئ الذي باغتهم به، فلم يرد أحد. وبصوت أعلى:
"من أفضل النساء؟!"
فانهمرت الإجابات وردود الأفعال التي تداخلت من ضحكاتهم بين جادة وساخرة:
"المُمتعة في كل وقت."

"طويلة القامة، حتى لتسرج لي حصاني."

"ذات المؤخرة الضخمة"

"البيضاء."

"الصادقة طبعاً."

"الولادة."

"الثرية."

"البكماء."

تعالت الضحكات أكثر واستمروا في تعريفاتهم لأفضل النساء، حتى قال إترليموس بصوت شق أصوات الجميع: "لم نسمع رأي كولاتينوس؟"

وبكل هدوء وثقة يشارك كولاتينوس في هذا الجدل : "المخلصة بالتأكيد."

ليرد عليه سكستوس برد لم يكن في حسبان أحد، وكأن الآلهة في هذه اللحظة قررت التمادي مع إترليموس في خطته الخبيثة لتوقد النار على لسان سكستوس: "وهل يوجد امرأة مخلصة؟ هل يعرف أحد منكم امرأة مخلصة فيعرفنا بها أو يحكي لنا عنها؟"

وهنا تدخل سريعاً إترليموس في هذا الحوار الذي أشعله ليصب عليه مزيداً من الزيت، فلن تفلت منه هذه الفرصة التي لا يعلم نهايتها لكنه يملك حدساً يغلف عقله لا يقبل التردد بأن النتائج سيحصدها لا محالة لاحقاً: "لوكريتيا النبيلة، لوكريتيا العفيفة، هي أفضل النساء، ابنة قائد وزوجة قائد، ينحدران من سلالة قادة، ولولا أنني أعرف أباها، لأقسمت أنها إحدى بنات جوبيتر."

تعجب الحاضرون من إترليموس ورده المفرط في الإطراء والثناء على لوكريتيا! فهذا ليس من أساليب

إترليموس وما اعتادوا عليه منه عند مشاركته حوارات ضيوفه، فمثلها لا يستهويه ولا يكترث له، ليعقب كولاتينوس الذي سرّه ما سمعه من مديح في حق زوجته لوكريتيا من إترليموس، فقد استمال إترليموس كولاتينوس ناحيته بعد ذلك الحوار المطول الذي دار بينهما وها هو يزيد من تملقه لكولاتينوس، فالتملق سم يدمنه الفاسدين: "نعم هي أفضل النساء بالنسبة لي وإخلاصها ووفاؤها قد لا يحمله معظم النساء."

رفع سكستوس كأسه وجرع ما فيه دفعة واحدة، وأشار للعبد الواقف بجانبه بأن يفرغ المزيد من النبيذ في كوبه، فيجذب من أحد الأواني التي أمامه عنقوداً كبيراً من العنب فيرفعه ويتناول حباته بفمه في حركة بطيئة جعلت الحاضرين يترقبون ما سيقوله رداً على كولاتينوس، فيلقي بعنف العنقود على المائدة: "لا أعرف شيئاً عن إخلاص النساء ووفائهم، ولا أعرف عن ماذا تتحدث، لكنني أعرف عن النساء بأنهن لا يحفظون عهداً ويسري في عروقهن الجحود والنكران ومن السهل إغواؤهن! ألم يسأل أحدكم نفسه بماذا أسقطت جابي؟! أنا أقول لكم، سقطت جابي بامرأة أغويتها فخانت أهلها وبكل سهولة، هي من ساعدني في فتح بوابة جابي للفيلق الذي يقوده كولاتينوس وهو يعلم ذلك، سأثبت له ولكم جميعاً أن ما يقال عن وفاء النساء ما هو إلا هراء تقرؤونه وتسمعوه في قصص الأساطير والأشعار..." ، فيأمر بإحضار كلويليا: "أحضروا كلويليا إلى هنا"

يشير إترليموس لأحد عبيده بأن يأتي بها من الحجرة،

وإلى أن تأتي عم المكان صمت مرعب كصمت الموتى بعد حديثهم، ترقب الأعين بعضها وتترصد نفوس الحاضرين ما ستؤول إليه هذه المساجلة، وخصوصاً أن سكستوس قد شرب الكثير من النبيذ والجميع يعلم حين يأخذه الشراب ويفقده صوابه، فالعواقب دائماً وخيمة، تأتي كلويليا تمشي بهدوء وقد اغتسلت ولا تزال أطراف شعرها تتقاطر منه الماء، ما إن رآها سكستوس حتى ضرب بشدة على مكان خال بجانبه مشيراً لها بالجلوس فيه، وما إن جلست بجواره يضمها ضمة قوية نحوه ويضع يده الأخرى على فخذها فيقترب من وجهها قائلاً : "أخبريني كلويليا، من أنا؟"

ليعتقل لسان كلويليا مرتعدة مذعورة فتنظر لإترليموس وقد غصت عيناها خوفاً، ليومئ لها من مكانه مبتسماً ليطمئنها ويهدئ من روعها، ولم تكن كلويليا في هذه اللحظة الوحيدة التي تشعر بهذا الذعر، فقد وقف العبيد مشدوهين وابتلع الحاضرين وبصوت مسموع ما تبقى في أفواههم من نبيذ وطعام بصعوبة بالغة بسبب الصمت الذي أطبق على المكان، فتجيب كلويليا بصوت ضعيف مختنق بجزعها: "أنت القائد سكستوس العظيم."

يرد سكستوس بصوت مرتفع: "أحسنتِ كلويليا، أرأيتم هي تعرفني مع أنها كانت مغلقة العينين طيلة وجودها معي في الحجرة"، فتعلو الضحكات والأعين يملؤها الخوف، فيعم الصمت فجأة عند سؤال سكستوس التالي:

"هل تحبينني كلويليا؟"

"أحبك سيدي."

وبنبرة تهكمية وهو يشير بيده نحو الجميع: "هل سمعتم؟ هي تحبني!"

فيزداد التوتر بين الحاضرين، الذين بدؤوا في تصور مقتطفات مختلفة شنيعة بُثت في مخيلاتهم وخفقت لها قلوبهم المذعورة واقشعرت أبدانهم منها فزعاً، مدركين ما ستؤول له هذه الليلة، فيكمل سكستوس أسئلته المرعبة وغير المتوقعة: "هل أنت مخلصه لي كلويليا؟"
"نعم يا سيدي."

يرفع سكستوس كلويليا بحماس عنيف ويضعها في حجرة مواجهة الحاضرين ويطوق جسدها بيديه الضخمتين فيعتصر جسدها النحيل كثعبان ضخم شل حركة فريسته: "إذن أخبريني، لو أمرك سيدك إترليموس الآن بأن تضاجعي فلافيوس ذلك البدين الذي يجلس هناك، هل ستمتنعي وترفضي أمره إخلاصاً لي؟"

وهنا أقحم إترليموس نفسه مقاطعاً وقبل أن تجيب كلويليا إجابة قد تنهي حياتها، وبصوت مرتبك وابتسامة مضطربة يفرك يديه باحثاً عن تلك الكلمات وسرعة بديهته التي لطالما أنقذته من مثل هذه المواقف لكنه لم يجدها فقد تبخرت فجأة من رأسه الذي اشتعل بالنار التي أضرمها: "أيها القائد سكستوس... سيدي، لو أنها عصت أمري إخلاصاً لك لا أملك حتى حق إرغامها، كما أن فلافيوس لن يجرأ على فعل ذلك، أليس كذلك فلافيوس؟"

ليرد فلافيوس من بعيد وبلسان ثقيل من شدة ثمالته: "ماذا؟... بالتأكيد، بالتأكيد، لن أرغب في كلويليا فلدي هنا سِمني فهي تعدل خمسة ككلويليا."

يعم الضحك المكان، الذي خفف قليلاً من حدة الموقف، ليعود فيقطع جولة الضحك هذه سكستوس وهذه المرة

75

بحزم: "إترليموس لا تجب بالنيابة عنها، دعها تتكلم، أجيبي كلويليا."

"سأرفض سيدي."

يضحك سكستوس ويهتز جسده من شدة الضحك وتهتز معه كلويليا القابعة في حجره: "أحسنت مرة أخرى كلويليا، سترفض أيها السادة ولن تقبل أمر سيدها ومالكها إخلاصاً لي! اشربي قليلاً من النبيذ حتى تهدئي فأنا أسمع نبضات قلبك وأشعر برجفة جسدك بين يدي"

يمسك سكستوس بكأس من النبيذ ويقربه نحو شفهها المرتجفة وهو يحثها بخشونة على شربه فيرفعه حتى تتجرعه، تسعل كلويليا بشدة وتدمع عيناها فتمسك بالكأس بكلتا يديها محاولة إبعاده عن فمها حتى لا تختنق، فيغافلها سكستوس بوضع يده على ثديها ويشد قبضته ويعتصره بقوة فتتحامل كلويليا على نفسها غير مظهرة الألم الشديد الذي انتشر في جميع جسدها لتعود وتكمل شرب ما تبقى في الكأس من نبيذ لعله يخدر جسدها فيقضي على الألم أو يغيب عقلها فلا تعود تشعر بالذعر الذي أصابها.

في هذه الأثناء، كان تبتوس يقف بعيداً خلف أحد الأعمدة ينظر إلى كلويليا المستسلمة العاجزة عن فعل أي شيء، ويرقب أفعال سكستوس الشاذة، والغضب والحنق باديان على وجهه اللامع من شدة العرق، فتبتوس يحمل لكلويليا في قلبه سراً حباً، قد أخفاه لزمن طويل في أعماق قلبه عن الجميع، فكلويليا كانت ضمن أول مجموعة من النساء أتي بها إترليموس وعهد لتبتوس بمهمة الاعتناء

76

بها منذ أن كانت صغيرة إلى أن كبرت ونضجت وهو لا يزال يعتني بها ويهتم بها اهتماماً يختلف عن الأخريات.

يقع سؤال سكستوس التالي لكلويليا على الجميع كالصاعقة، حتى أن رفيقاتها خبأن وجوههن في أكفهن من هول ما سمعوا .

"لو أمرتك أن تضاجعي أحد جنودي الآن، هل سترفضين أمري؟"

وما إن سمع ذلك إترليموس حتى التفت نحو كولاتينوس وهو يحثه بعينيه المضطربتين على التدخل الفوري لإيقاف هذه المهزلة التي يستمتع سكستوس بممارستها، فيتدخل كولاتينوس كونه الأقدر بين المتواجدين الذي يمكنه وضع حد لسكستوس وزجره لصلة القرابة بينهما والأعرف به، فبإمكان سكستوس إنهاء ما بدأه لهواً أن يختمه بفاجعة: "ماذا بك سكستوس؟ تريد أن تثبت عدم إخلاص النساء بإخافة هذه المسكينة التي لا تملك من أمرها شيئاً، كيف تقارن جارية بنساء روما، هذه إهانة لكل امرأة حرة!"

ليرد عليه سكستوس بخبث ومراوغة: "صدقت كولاتينوس، من الإجحاف مساواة العبيد بالأحرار، ليحررها إترليموس إذن، حتى تجيب على سؤالي لها كامرأة حرة، إن كان هذا ينصف الحرائر من نسائنا!... أنت حرة كلويليا، أليس كذلك إترليموس؟"

وها هي ألسنة اللهب التي أضرمها إترليموس تكبر وترتفع لتصبح جحيماً يلتهم كل ذرة في جسده فيخر

متناثراً كالرماد، ليسقط في يد إترليموس وقد انتفخ وجهه من شدة الغضب وضعف الحيلة فرأسه يكاد ينفجر باللعنات التي حلت عليه: "نعم، هي حرة أيها القائد" وعلى رد إترليموس يتجهم كولاتينوس، والجميع بدأ يستعد لنهاية على أقل تقدير كارثية.

وبسخرية فجة يأمرهم سكستوس: "قدموا لها التهاني وحيوها فقد أصبحت حرة، أنت الآن حرة كنساء روما المخلصات كلويليا، وسأضيف لك صفة من عندي حتى يهدأ كولاتينوس ـالعفيفات ـأيضاً، والآن أيتها المرأة الحرة العفيفة سأعيد عليك سؤالي، لو أمرتكِ أن تضاجعي أحد جنودي هل سترفضين؟"
ودون تردد تجيبه كلويليا: "لن أرفض سيدي، فإخلاصي لك يجبرني على الامتثال لأمرك"

يتنفس الجميع الصعداء وأولهم إترليموس الذي أخذ يجفف وجهه بطرف ردائه الذي نضح عرقاً، فقد كانت إجابة كلويليا تحمل تقديراً واحتراماً كبيرين لشخص سكستوس، لعل بها تهدأ نفسه ويجازيها بإجابتها الذكية بأن يتوقف، لكن وبعكس كل التوقعات، يغتال سكستوس وبسرعة المحارب الروماني الخاطفة هذه اللحظة التي حملت بعض الطمأنينة للحاضرين والتي ظهرت في أطراف أعينهم، فيومئ برأسه لأضخم وأقبح وأقذر جنوده، فيرفع كلويليا المرتعدة عن حجره ويدفعها بقدمه نحو ذلك الجندي البشع الذي ما إن قذفت داخل جسده العارم حتى طوقها بيديه الضخمتين الملطختين ببقايا الطعام، فيوصي سكستوس كل منهما بالآخر قائلاً:

"اذهبي واجعليه سعيداً بأمر من حبيبك أيتها المخلصة العفيفة، خذها فهي لك وأسمعني صوتها العذب المخلص من هنا"
فيحملها الجندي على كتفه العريض وقد علت ضحكاته كأنها ورقة شجر استسلمت لتلاعب الرياح بها، فلم تحرك كلوليليا ساكناً ولم تقاوم ولم تنطق بكلمة واحدة مذعنة خاضعة على مرأى من الجميع الذين أصيبوا بالذهول من هول ما آلت إليه الأمور ومن مشهد كلوليليا وهي تتدلى من على كتف ذلك الجلف متجهاً بها نحو إحدى الحجرات.

أما إترليموس فقد اختنق بلعابه الذي أصبح بمرارة السم فأخذ يجترع عدة كؤوس من النبيذ الواحد تلو الآخر بجنون محاولاً قتل حواسه وسحق عقله حتى لا يرى فواجع ما سيحدث بكلوليليا لاحقاً، وما هي إلا لحظات حتى غمر صراخ كلوليليا أرجاء المنزل، وسكستوس وجنوده الوحيدين الذين كانوا يضحكون ويلقون الدعابات كلما صرخت كلوليليا بتخمين ما يحدث لها بسخرية مستهجنة، ويجاريهم الضيوف في ضحكاتهم بخوف ظاهر واشمئزاز مبطن، وتحولت وجوه العبيد والجاريات إلى قطع من الرخام الصلب واجمة لا أرواح فيها تنتفض أجسادهم على صيحات كلوليليا.
أما تبتوس فقد أسند رأسه على أحد الأعمدة وأخذ يلكمه بقبضتيه الضخمتين حتى تساقطت منه بعض قطع الرخام مع قطرات من الدم التي سالت من قبضتيه.
جلس إترليموس في إحدى الزوايا متوارياً عن الأنظار واضعاً يديه على أذنيه حتى لا يسمع صرخات كلوليليا

واستغاثاتها التي أخذت تخفت شيئاً فشيئاً حتى عم الهدوء المخيف المكان.!

ليخرج مُزيحاً ستار الحجرة ذلك الجندي الدميم عارياً ممسكاً بدرعة وحزام سيفه ضاحكاً وقد بدت أسنانه الصفراء، فقذف له سكستوس بقطعة كبيرة من اللحم وكأنه يجازي كلباً أطاع سيده، يرفع إترليموس رأسه مشيراً لإحدى الجاريات بأن تذهب من فورها لتتفقد كلويليا، ويتحامل هو على نفسه ليجالس الضيوف، فيجد أن سكستوس لم ينتهِ بعد من مجونه ولهوه الوضيع، موجهاً حديثه لكولاتينوس: "أتعتقد كولاتينوس أن كلويليا كانت مخلصة لي كما يفعلن الزوجات المخلصات، أم أنها كانت حرة عاهرة كاذبة؟"
"سكستوس هي ليست حرة، هي جارية، وجارية مذعورة!"
"ألم تسمع إترليموس عندما حررها؟"
"هي وإترليموس وكل من في هذه القاعة ينفذون ما تأمرهم به سكستوس"

لم يعجب سكستوس رد كولاتينوس فأشاح بيده في وجهه، وهو لايزال يضمر شيئاً من شره فلم تنتهِ بعد هذه الليلة بالنسبة لسكستوس بالطريقة التي ترضي فساده وفحشه، ليصرخ فجأة وقد تملكه الغضب ملقياً بكأسه أرضاً فيلتفت نحوه الجميع فزعين.
"ما رأيك كولاتينوس لو ذهبنا الآن لزوجاتنا متسللين في هذا الليل الدامس لنرى ماذا يفعلن، هل هن مخلصات أم فاسقات توارين خلف الظلام بين أحضان عشاقهن

مغتنمات خلو منازلهن من أزواجهن؟"

شعر كولاتينوس بإهانة كبيرة مما قاله سكستوس أمام الجميع، لكنه يعلم في قرارة نفسه أن سكستوس لن يجرؤ على فعل شيء تجاهه أكثر من تلك الكلمات التي ملأها السكر، فهو صاحب دم ملكي مثله، ومع ذلك، لا يستطيع كولاتينوس رفض أمر لسكستوس.

"سكستوس رأسك مليئة بالنبيذ ولن أطيل حواري معك، علي أن أغادر لكولاتيا الآن"

"انتظر كولاتينوس، سنذهب جميعاً معك لكولاتيا وستستضيفنا في بيتك، فأنت مضياف وتاركويني أولا وأخيراً"، ينظر سكستوس نحو الحاضرين: "والجميع مدعوون"

ظهر الضيق على كولاتينوس والتوتر على وجوه الجميع حتى الجنود، من تلميحات وإهانات سكستوس لكولاتينوس والحاضرين فلا أحد يقبل بأن تُقذف الزوجات بالعاهرات والفاسقات، حتى وإن كان مزاحاً، وخصوصاً زوجة كولاتينوس لوكريتيا رمز العفة والوفاء، فقد تمادى سكستوس وتخطى الحدود بالتعريض بها أمام الجميع، لكن إترليموس لاحظ ما لم يلحظه الآخرين، فقد قرأ ما في داخل سكستوس فوجد في قلبه الحسد والحقد والضغينة لكولاتينوس ولوكريتيا ليكتشف فجور سكستوس ورغبته المنحلة والشاذة في أن يثبت للجميع بأن لوكريتيا ليست سوى امرأة ضعيفة ناقصة مثلها مثل أي أخرى يمكن استمالة جسدها وإغوائها بكل سهولة، فلوكريتيا لا تمثل لسكستوس

81

سوى أنها أسطورة ابتدعها كولاتينوس ليشبع غروره وكبرياءه أمام الآخرين وليظهر تفاخره المصطنع من خلالها.

ينهض سكستوس مترنحاً دون أن يعطي أدنى فرصة لكولاتينوس بأن يعقب على دعوته نفسه والحضور إلى بيته، فينهض معه جنوده متوجهين جميعاً لكولاتيا بمعية كولاتينوس، ليخلوا المكان في لحظات ويبقى إترليموس وحيداً هو وفلافيوس الذي استسلم لنوم عميق من شدة ثمالته، وحوله عبيده الذين شرعوا في تنظيف وترتيب المكان، وأثناء توجهه لحجرة كلويليا ليتفقدها والاطمئنان عليها سمع صوت سكستوس وهو يصيح من الخارج: "إترليموس، أين أنت؟"، وقبل أن يخرج لسكستوس، يمسك بذراع تبتوس: "لا تفارق كلويليا، وابعث في طلب بنتيوس ليفحصها، وسوف أعود صباحاً، واحرص على أن تتفقد آليا، لعلها سمعت شيئاً مما حدث الليلة فانتابها شيء من الذعر، وأبقِها دائماً داخل حجرتي"

"سأذهب معك سيدي"

"لا، فأنا أريدك أن تبقى هنا لتهتم بالجميع"

"لن أدعك تذهب وحدك معهم سيدي"

نفذ ما أمرتك به تبتوس ولا تناقشني، سآخذ معي عبدين ليرافقاني"

"حسناً سيدي"

يخرج إترليموس لسكستوس وقد جهزت عربته ليستقلها نحو كولاتيا.

الفصل الثالث

رحلة دلفي

(Delphi – Δελφοί)

عبدالعزيز حمزة

في صباح اليوم التالي ذهب بروتس إلى الملك تاركوين ليبلغه بأنه بحث عن سكستوس ولم يجده مدعياً أنه قد بحث عنه في كل أرجاء روما، فاستشاط الملك غضباً من تصرف سكستوس وتخلفه عن هذه الرحلة الهامة التي قد تغير أقدار المملكة ومصيرها: "تباً لهذا السكير، هل بحثت عنه في منزل إترليموس؟"

"هذا أول مكان بحثت فيه سيدي"

"ذلك الوغد اللعين... انطلق أنت بروتس واحرص على سماع كل ما تقوله العرّافة، فستنقله لي بالحرف عند عودتك"

"سأفعل مولاي"

بالرغم من غضب الملك وحنقه من تصرفات سكستوس إلا أن سكستوس يعتبر ذراع تاركوين الباطشة، فتاركوين يرى في سكستوس صورة مصغرة منه ويعده ليخلفه على عرش روما، فسكستوس يحمل الكثير من صفات والده القمعية والتسلطية وكقائد يخلو من العواطف والتردد في اتخاذ أي قرارات مهما بلغت بشاعتها، بل هو أكثر دموية، وهذه الصفات لا يراها تاركوين متوفرة في شقيقيه تيتوس وآرونس.

غادر بروتس مع كل من تيتوس وآرونس عبر رحلة شاقة عبروا خلالها المستنقعات وأكثر المناطق الوعورة وصولاً إلى البحر، ليستقلوا سفينة قد تم تجهيزها لهم تحمل المؤونة وعدداً من الجنود والعبيد وصناديق الهدايا التي سوف يتم تقديمها لكهنة معبد أبولو، لتنطلق السفينة نحو مدينة العرّافات الإغريقية دلفي.

ما إن اقتربت السفينة من مدخل خليج كورينث المخيف والذي يهابه أجدر البحارة لضيقه وعلو الجبال السوداء على جانبيه ذات الصخور الحادة المدببة، حتى بدا الذعر بين جميع من على السفينة فشرعوا يتمتمون بالصلاة لجوبيتور، فسمعة هذا الخليج مليئة بقصص الأرواح الشريرة ولعنات البحارة القدامى فقليل من السفن التي تنجوا خلال عبورها هذا المضيق الملعون.

سارت سفينتهم وهي تشق ببطء صفحة البحر الأشبه بجثة هامدة، فلا موج فيه ولا يسمع لمائه صوت ليخيم هذا السكون المخيف كل أرجاء المضيق، وهم ينظرون نحو حائط من الجبال المرتفعة وكأنها رؤوس مردة الشياطين فيخيل لهم أنها تتحرك لتطبق عليهم، والكثير من السفن القديمة المحطمة قد تناثرت أشلائها على صخور المضيق التي ارتفعت كالرماح فأصبحت مأوى لأرواح البحارة والقراصنة الهائمة، لتشدد الرياح

فتضرب أشرعة السفينة كالسياط من كل اتجاه ويرتفع
صوت أزيز الصواري وكأنها تئن تحت صفعات الرياح
التي أخذ يعلو صفيرها في آذانهم وكأنها صرخات
الأرواح البائسة التي قضت تحت هذه المياه السوداء،
بدأت السفينة بالتأرجح وكأن شيئاً ما يدفعها بشدة نحو
الصخور وربان السفينة ومن معه يجاهدون في إبقاء
سفينتهم بعيداً عن حتفها، فتطاير المياه داخل السفينة
وتصفعهم الأمواج، انتاب الجميع الفزع، فبدؤوا بتقييد
أنفسهم بحبال السفينة اعتقاداً منهم أن الأرواح الشريرة
ستتخطفهم، مر وقت طويل في هذا الممر الملعون وهم
يصارعون الرياح والأمواج التي اختفت فجأة وكأنها لم
تحدث ليلوح في الأفق ميناء مدينة كيرا بوابة دلفي والتي
يمر عبرها آلاف الحجاج نحو معبد أبولو الذين عادة ما
يتعرضون في طريقهم للصوص كيرا.

ما إن رست السفينة حتى هبطوا مسرعين ومنظمين
الجنود أولاً ليؤمِّنوا المكان، ومن ثم العبيد حاملين
صناديق الهدايا، وخلفهم كل من بروتس وآرونس
وتيتوس الملك، وأبقى بروتس بعض الجنود على السفينة
لحراستها، لينطلقوا في اتجاه معبد أبولو عبر الممر
الوحيد والمؤدي له وهو ممر ضيق تحيطه مرتفعات
صخرية على جانبيه، وبإحساس الجنود المخضرمين،
توجهت أعينهم نحو قمم هذه المرتفعات تحسباً من أي

غارات مفاجئة من قبل اللصوص وقطاع الطرق.

وما إن قطعت المجموعة نصف المسافة، سقط فجأة أحد الجنود أرضاً على إثر حجر قذف نحو رأسه، لتتوقف المجموعة فصاح فيهم بروتس الذي انتبه لسقوط ذلك الجندي، بأن يبقوا العبيد في الوسط ويقوموا بتشكيل دفاعي، وفي لمح البصر أصبح الجميع تحت الدروع ينظرون من خلالها نحو المرتفعات الصخرية، وما إن بدأ التشكيل في التحرك ببطء وحذر إلى الأمام، حتى انهالت عليهم الحجارة من كل اتجاه لترتطم بدروعهم، فيتوقف هذا الوابل من رشق الحجارة فجأة، ليستغل بروتس هذه الفرصة فيأمر الجميع بتسريع خطواتهم نحو الجدار الصخري للاحتماء، وأثناء ذلك يلمح من بعيد مجموعة من الأشخاص في أعلى الممر تفوقهم عدداً قد أغلقته، فعرف أنهم تشكيل عصابي من قطاع الطرق واللصوص من خلال ملابسهم الرثة وأسلحتهم البدائية، فكانوا يحملون بعض السيوف والفؤوس والهراوات والدروع الخشبية.

وبحركة متزامنة واحدة انخفضت الدروع ووقف الجنود في صف واحد بسيوفهم الرومانية البراقة، فأشار بروتس لأحد جنوده ممن يجيدون لغة الإغريق وأمره بترجمة ما سيقوله لهم، فرفع صوته الجندي بما قاله

بروتس: "نحن وفد ملك روما نريد معبد أبولو، فخلوا لنا الطريق وسموا ثمنكم"
ليرد أحد أفراد العصابة بعد برهة من الصمت: "ثمننا هو ما تحملون وأسلحتكم"
فرد الجندي: "أما أسلحتنا فهي ملكنا، وأما ما معنا فيملكه أبولو وسندافع عنه بأرواحنا"
فتعالت من الجهة المقابلة ضحكاتهم الساخرة مستهزئين برد بروتس، فجاء رد زعيمهم: "حافظوا على أرواحكم وأعطونا ما طلبنا، نتركم بسلام"
ليأتي رد بروتس صارماً: "نحن جنود روما، وآخر ما نهتم به هو الحفاظ على أرواحنا، فإن كنتم تبحثون عن قتال، فلا تُؤخرونا عن موعد عودتنا قبل غروب الشمس"
وهنا صاح زعيمهم إشارة ببدء الهجوم، فركضوا ملوحين بما حملوه في أيديهم في اتجاه بروتس والجنود، فأمر بروتس العبيد وما يحملونه من صناديق بأن يحتموا ويبقوا بعيداً عن مكان المعركة، وأمر الجند بأن يشكلوا رأس حربة، فوقفوا متقاربين متأهبين في أماكنهم رافعين سيوفهم ورماحهم، فتلقى أول الواصلين من العصابة طعنه خاطفة في عنقه بسيف بروتس، فأخذت السيوف تبتر الأيادي والأقدام وتخترق الرماح الصدور والأعناق، أما أفراد العصابة فكانت ضرباتهم في دروع الجنود التي التصقت ببعضها مكونة سداً حديدياً منيعاً لا

يمكن اختراقه.

وفي خضم الغبار الذي أحاطهم ورائحة الدم، يقفز آرونس بسيفه خارج الدروع نحو ثلاثة منهم وبحركة خاطفة رشيقة يقضي عليهم، لكنه يصاب في ساقه بجرح غائر أسقطه أرضاً، فيدنو منه مسرعاً أحد قطاع الطرق وقد رفع فأسه الضخم فوق آرونس الذي لم يقوَ على رفع سيفه أو الابتعاد من شدة إصابته، ليقذف بروتس من مكانه برمح نحو صاحب الفأس فيستقر في منتصف صدره مخترقاً ظهره فيقع جثة على آرونس، وبعد أن قضوا على أكثر من نصفهم، يأمر بروتس الجنود بفتح ذلك السد الحديدي من الدروع فينطلق الجنود بصيحات مدوية وكأنه انفجار، فيقف من بقي منهم مذهولين مذعورين وقد أحاطهم جنود روما، فينهالون عليهم بالسيوف التي لا تخطئ عنقاً ولا صدراً، فأحدثوا فيهم مقتلة عنيفة في لحظات، ففر القليل ممن استطاعوا الفرار بعد قتل زعيمهم.

وهنا يأمر بروتس الجنود بالتجمع لإحصاء المصابين منهم، وأرسل في طلب العبيد للاطمئنان على حمولتهم، فأخذ بروتس يتفقد الجميع، وعيناه لا تزال على الطريق وقمم الصخور المحيطة تحسباً لأي موجة هجوم أخرى، فهذه العصابات تتسم بالغدر والخداع، فكانت الحصيلة

أن قُتل اثنان من الجنود، فيأمر بروتس بحملهم والعودة بجثثهم إلى السفينة، وتم تضميد جراح من جرح ومنهم آرونس الذي رفض طلب بروتس بأن يعود إلى السفينة مع أحد الجنود وآثر البقاء والاستمرار، فأخذ يتوكأ على كتف الجندي مصراً على إكمال الرحلة نحو معبد أبولو.

ساروا في ذلك الممر المرتفع المؤدي للمعبد بكل حذر يرقبون كل زاوية في الطريق، حتى ظهر أمامهم معبد أبولو العظيم في الأفق الذي عكس سطحه الأبيض البراق ضوء الشمس على وجوههم وكأنها رسالة نورانية يبعثها لهم أبولو إله النور، فكلما اقتربوا من المعبد المقدس، تعاظم حجمه في أعينهم، فمست قلوبهم رهبة وقدسية المكان في منظر مهيب.

ومما شاهدوه أثناء سيرهم نحو معبد أبولو، افتراش الكثير من عامة الناس وعلى مد البصر محيط المعبد الفسيح، فبدوا بثيابهم البيضاء كقطعان ترعى في وسط أرض ممتدة خضراء متناثرين في كل مكان، فهؤلاء هم حجاج المعبد من رجال ونساء وأطفال والمرضى والمعاقين والمشوهين الذين جاؤوا من كل مكان وقطعوا المسافات الطويلة الشاقة وتحملوا عناء أشد الأسفار طلباً للشفاء والمعجزات والنبوءات الإلهية المقدسة والباحثين عن الحقيقة المطلقة وعن أسرار الحياة.

يسيرون مخترقين تلك الأجساد المتناثرة مذهولين وكأنهم في عالم آخر يروه لأول مرة، ليجدوا أنفسهم أمام مدخل المعبد فصعدوا درجاته الطويلة والفسيحة التي وقف على جانبيها أعداد غفيرة من الناس ينتظرون دورهم في مقابلة الكهنة والعرّافات، ويتفاوت وقت انتظارهم حسب مكانة الشخص الاجتماعية، وحجم الهدايا ونفاستها، فالعوام قد ينتظرون شهوراً وأحياناً لسنوات، أما وفود الملوك المحملين بصناديق أثمن الهدايا للكهنة، فلا يستغرق ذلك سوى لحظات.

وأثناء صعودهم درج المعبد يسقط آرونس فجأة متأثراً بذلك الجرح في ساقه الذي أخذ ينزف بغزارة، فينتبه له بروتس: "تقدم تيتوس أنت والعبيد وانتظرونا في الأعلى، سأعتني بآرونس وألحق بكم" فيهبط بروتس نحو آرونس فيجده وقد جلس متألماً وبجانبه ذلك الجندي واضعاً يده على الجرح محاولاً إيقاف النزف، فأمره بروتس بأن يذهب ويلحق بالآخرين، ليجلس بروتس مواجهاً لآرونس فسحب وشاحه وشقه ليصنع منه ضمادة جديدة، وقبل أن يقوم يضعها على ساقه إذا بآرونس يمسك بذراع بروتس ويجذبه منها بقوة: "لماذا أنت هنا؟"

"ماذا تعني؟، لم أفهم"!

"لماذا تصحبنا في هذه الرحلة؟"

"أنا هنا بأمر من الملك وأنت تعلم ذلك"

"كما ترى الملك ليس هنا، فلن تخدعني بروتس ولن تنطلي علي بلاهاتك المفتعلة"!

"كلانا يعلم أننا لسنا على وفاق وهذا لا يعني أننا لا نتشارك نفس الدم ونقف أمام أعدائنا في صف واحد، ولا أظن أنك قد نسيت بهذه السرعة أنني أنقذت حياتك قبل لحظات"!

"بئس هو ذلك الدم، فأنا أعلم يقيناً أنك تخطط لأمر ما بروتس، قد تستطيع خداع أبي وحتى سكستوس لكنك لن تستطيع خداعي بهذه السهولة، وإنقاذك لحياتي لا يعني شيئا"

ينكفئ بروتس على ساق آرونس ليضمد جرحه، متجاهلاً اتهاماته له ومظهراً عدم فهمه واكتراثه، ومخفياً قلقه من آرونس، ليزداد آرونس غضباً من تجاهل بروتس، فأمسك بكتفه وهزه وهو ينظر بحده في عينيه: "هذه الرحلة بكل عنائها ومشقتها هي لمعرفة من سيخلف الملك على عرش روما وأنت لست معنياً بذلك ولن تصبح ملكاً حتى في أحلامك، وعليك أن تتذكر مصير شقيقك عندما تتخيل ذلك، فالملك في أبناء تاركوينيوس وهم فقط أصحاب الحق في اعتلاء عرش روما"

93

حافظ بروتس على برودة أعصابه قدر المستطاع محاولاً عدم إظهار حنقه واستيائه من إشارة آرونس لمقتل شقيقه الذي اغتالته يد تاركوينيوس: "هون عليك آرونس، أنا لست هنا لأسلب حق أبناء الملك في حكم روما، ولطالما كنت خادماً مخلصاً للملك وعائلته، فأخرج من رأسك هذه الترهات، فأنا جندي روماني قد أقسم على حماية الملك وشعب روما"

ليرد آرونس بلؤم وعلى وجهه ابتسامة ساخرة، فيعود على ذكر شقيق بروتس، ناثراً الملح على جرحه الذي لم يندمل يوماً: "لوكنت مكانك بروتس لحشدت روما كلها ضد الملك وعائلته ومواليه انتقاماً لمقتل شقيقي، آه تذكرت فشقيقك خائن ولا يصح الانتقام للخونة، فأنت دائماً ما تدافع عن الخونة الأنذال، فلا تحاول إقناعي بأن ولاءك للملك أقوى مما تحمله في صدرك من دوافع للانتقام! ولو كنت بنصف رجل، لكن تذكر هذا، في يوم من الأيام سوف نلتقي، ولن تكون مرتدياً عندها هذا القناع المزيف الذي أراه الآن، عندها سنترك الحديث الحقيقي والصادق لرمحينا، فكل منهما يعرف وجهته"

بهذه الكلمات العنيفة والتي وقعت كالسهام المسمومة في قلب بروتس الذي أخذت الدماء تغلي في عروقه لكنه كبت غضبه الذي كاد ينفجر محرضاً إياه على اجتزاز رأس آرونس في هذه اللحظة: "أنا لا أحسن رمي الرماح

آرونس ولا أحب القتال بها، فسيفي يجعلني أكثر قرباً من عدوي ليكون وجهي هو آخر ما يراه في حياته"

نهض بروتس بعد أن فرغ من تضميد ساق آرونس، فمد يده نحوه ليساعده على النهوض وآرونس ينظر نحوه بغضب شديد، فيدفع بيد بروتس بعيداً عنه متحاملاً على ألم ساقه فينهض بصعوبة ويسيران نحو مدخل المعبد لاحقين بالآخرين.

وما إن وصلوا جميعاً إلى بوابة المعبد المقدس الرئيسية حتى استقبلهم آبلو بأولى رسائله الغامضة، والتي نقشت في أعلى المدخل بأيدي حكماء الإغريق السبعة القدامى الذين تلقوا الحكمة عن أبولو مباشرة :
(اعرف نفسك)
(لا يوجد شيء في الزيادة)
(قطع الوعود ونكثها حتمي).
لم تكن سوى رسائل تحذيرية لكل من قدم طالباً حكمة آبلو على لسان العرّافة، فقبل أن تخاطر بذلك وتسمع ما ستقوله العرافة لك، عليك أن تعرف نفسك جيداً قبل خوض التجربة، فنحن ننصت لكل ما يشبه حقيقة مكنوناتنا ونصدق كل ما يقال لنا همساً ويلامس أعماق دواخلنا، ونمارس عن يقين وقناعة كل ما يغذي دوافعنا، إن كان خيراً أم كان شراً، عندها سنصغي لتلك الكلمات

التي نرغب في سماعها، لتبيح لنا كل الأفعال التي نتوق لممارستها.

يجد وفد ملك روما أحد مساعدي الكاهن الأكبر ومنظم الزيارات في انتظارهم فعرفهم من لباسهم، فيقترب منهم: "مرحباً بوفد ملك روما في معبد أبولو المعظم" فعرّف بروتس بنفسه ومن معه: "أرسلنا الملك لوسيوس تاركوينيوس ملك روما، وهذان ابني الملك تيتوس وآرونس وأنا لوسيوس يونيوس بروتس قائد حرس الملك الخاص وسفيره، وقد جئنا محملين بهدايا الملك للكاهن الأكبر ولمقابلته، حتى تفسر لنا عرافة أبولو المقدس رؤية رآها الملك"
"نعم، اتبعوني يا سادة"

فساروا خلفه في ممر طويل عج بالكثير من الناس والكهنة، فاسحين لهم الطريق، ووفد روما ينظر باندهاش في أشكال واختلاف ملابس من حولهم، متأملين تلك الأعمدة البيضاء الشاهقة والزخارف والصور التي نقشت على الجدران، والتي تحكي ملاحم الإله أبولو على مر العصور وقوسه وسهمه المقدس، فيصلون إلى باب خشبي مرتفع ضخم، فتوقف مساعد الكاهن قائلاً: "يمنع دخول العبيد والأسلحة إلى قاعة الكاهن الأكبر"

أمر بروتوس العبيد بأن يبقوا خارج القاعة، وقاموا بخلع سيوفهم ووضعوها مع دروعهم لدى العبيد، عندها أشار مساعد الكاهن لهم بأن يدخلوا من الباب، وتركهم عائداً ولم يدخل معهم، وقف بروتس ومن معه أمام الباب حائرين ينظر كل منهما للآخر، فما كان من آرونس إلا أن تقدم بروتس وهو يعرج وتوجه نحو الباب الضخم فدفع دفتيه بقوه، ليجدوا أنفسهم أمام قاعة كبيرة ازدحمت بالكهنة، فساد الصمت وتوقفوا عن الكلام وهم ينظرون نحو الباب الذي فُتح عليهم فجأة، فآتاهم أحد الكهنة مسرعاً: "من منكم سفير الملك لوسيوس تاركوينيوس؟"

فأجابه بروتس وهو ينظر نحو الجموع مندهشاً : "لوسيوس يونيوس بروتس، سفير ملك روما، جئنا لمقابلة الكاهن الأكبر"

"اتبعوني"

اخترق بهم الكاهن من في القاعة وهم ينظرون لوفد روما بغرابة، فلم يعهد كهنة المعبد أن جاء رومانياً إلى معبد آبلو من قبل، فالرومان لا يؤمنون بعرافات دلفي ولا بكهانة الإغريق، بل معروف عنهم أنهم يسخرون من طقوسهم حتى بعض آلهتهم، مما أوجد بينهم بغضاء وعداءً مقدساً، وحضور وفد مبعوث من ملك روما ليتم استقباله من قبل الكاهن الأكبر ويسمح له بالدخول إلى أقدس الأماكن في معبد الإله آبلو، فهو يعد مما ندر، وسابقة سوف يسجلها التاريخ.

وصل الوفد إلى صدر القاعة ووقفوا في صف واحد أمام منطقة مرتفعة جلس في وسطها رجل نحيل الجسد ظهرت عظام صدره وكتفيه المدببة، له شعر طويل ولحية طويلة بيضاء، كانت شفتاه ترتجف وكأنه يتمتم بكلمات وهو مغمض العينين، فأومأ لهم الكاهن المرافق برأسه إشارة بأن ينحنوا أمام الكاهن الأكبر، فقال معرفاً بهم: "وفد ملك روما"، ثم تراجع بضع خطوات إلى الخلف فعم الصمت القاعة، والأنظار متوجهة نحو الكاهن الأكبر، الذي فتح عينيه وإذا هما شديدتا الاحمرار، وكأن الدم قد انفجر داخلهما، فأخذ ينظر بتمعن في وجوه وفد روما، ليقول بصوت مرتعش: "قدم هداياك أيها السفير"، وقبل أن يخبر بروتس الكاهن الأكبر بأن صناديق الهدايا خارج القاعة، يجدها وقد حُملت إلى داخل القاعة على أيدي بعض خدام المعبد واضعينها أمام الكاهن الأكبر، فهمّ بروتس بفتحها ليري الكاهن ما بداخلها... فاستوقفه الكاهن الأكبر: "أبقها مغلقة"، نظر بروتس للكاهن الأكبر فاعتدل واقفاً، وقبل أن يشرح بروتس سبب زيارتهم، نظر نحوه الكاهن الأكبر، وبادره بجملة غريبة: "أكثر الناس إظهاراً للفضيلة، أضعفهم أمام الرذائل"

لم يفهم بروتس ما قصده الكاهن الأكبر بقوله هذا، ولم يكترث كثيراً فأحاديث الكهنة دائماً ما تكون مبهمة ويلفها

الغموض، في حين ابتسم آرونس وكأنه فهم ما يقصده الكاهن، فالجملة توافق اتهاماته لبروتس وشكوكه فيه، فنظر الكاهن الأكبر نحو آرونس وأشار بيده نحو ذلك الجرح في ساقه: "هل هذا من فعل اللصوص وقطّاع الطرق؟"

فأجابه آرونس بحدته المعهودة: "نعم، وتركناهم جثثاً هامدة حتى آلهتهم لم تستطع أن تحميهم من سيوفنا"

ضحك كبير الكهنة من إجابة آرونس الذي ازداد وجهه تذمراً وحدة: "بل هي تستطيع أيها الجندي الروماني، لكنها تخلت عنهم، فعندما يملأ القلب شيئاً من متاع هذه الدنيا، انسلت منه الآلهة"

نهض كبير الكهنة متثاقلاً ومتكئاً على ذراع مقعده فأسرع نحوه اثنان من الكهنة ليساعدوه على الوقوف، فقد كان يترنح في نزوله من على مقعده المرتفع وكأنه ثمل من شدة السكر، فأشار لهم بضعف شديد بيده ليتبعوه.

ليتبعوه وبينهم بعض خدّام المعبد، فدخل بهم إلى سرداب ضيق مظلم لم تدخله أشعة الشمس منذ بناء المعبد، وقد أضيئ بالمشاعل التي علقت على جانبي جدرانه الرطبة، وغمرته رائحة حادة غريبة، فيتجه بهم ذلك السرداب، نحو تجويف صخري واسع، ككهف في عمق جبل، وكانت هذه الحجرة الصخرية ذات جدران ملساء وسقف

مرتفع تكونها صخور شديدة السواد، فلمعت تحت انعكاس أضواء المشاعل، كنجوم متلألئة أحاطت بهم من كل الجهات، في مشهد بديع ساحر وكأنهم يسبحون في وسط السماء، انتشرت تلك الرائحة الغريبة في أرجاء المكان وكانت أكثر حدة، فانتبهوا لمصدرها فقد كانت تنبعث من صدع صخري في إحدى زوايا الحجرة، ووُضع فوق الصدع مقعد خشبي مرتفع ذو ثلاث أرجل داخل محراب حفر في الصخور، وعلقت الكثير من القناديل الصغيرة حوله فأضاءت المحراب فأصبح وكأنه الشمس بين تلك النجوم.

وقف الجميع في مواجهة ذلك المحراب المشع، وأمام هذا المنظر الذي بث في قلوبهم بعض الخوف والكثير من الهيبة، يشير كبير الكهنة لخدّام المَعبد ليدخلوا من خلال فتحة خلف المحراب، وماهي إلا لحظات ليخرجوا وهم حاملين فتاة ممددة على أكتافهم، شبه عارية مغطاة بقطعة شفافة من القماش الأبيض، وما أن أنزلوها ولمست أقدامها الأرض أمام المقعد حتى ابتعدوا عنها، فأخذت تتمايل وتتلوى بانتشاء كحية ممسوسة يكاد جسدها يتمزق وعظامها تنفصل عن بعضها من شدة تمايلها، فعم الوجوم والذهول وجوه الوفد الروماني، فهم لم يروا مثل هذا في حياتهم من قبل، ولم يعد يُسمع سوى أصوات الأبخرة التي ينفثها ذلك الصدع وكأن الحجرة

الصخرية دبت فيها الحياة فأخذت تتنفس.

في هذه الأثناء يشير الكاهن الأكبر مرة أخرى لأحد خدام المعبد فيقوم وبحركة سريعة بسحب قطعة القماش عن جسد الفتاة فتقف عارية متمايلة، فيتقدم نحوها اثنان من الخدام فيرفعوها فيجلسوها على المقعد ثلاثي الأرجل، فتحفها أدخنة الصدع الصاعدة، فأحاطت جسدها النحيل حتى بدأت في الخروج من خلال خصل شعرها الأسود، كأنها أرواح قديمة هائمة تتلمس أجزاء جسدها العاري، فرفعت ذراعيها وهي تستنشقها بقوة فتملأ صدرها بالدخان، وهي تتموج بحدة تكاد تسقط من على ذلك المقعد الطويل، لكنها تميد بثبات كامل.

فجأة يجمد جسدها عن الحركة وتمد رأسها من خلف ستار من الدخان الكثيف فتمر بنظرها على وجوه المواجهين لها، ليجدوا عينيها الواسعتين وقد تحول بياضهما إلى اللون الأحمر القاني، وخلال لحظات يدخل جسدها في حالة من الاهتزاز العنيف ويرتفع صوت احتكاك أرجل المقعد بالأرض الصخرية فيرتطم بجدران الحجرة التي أخذت تعيد صداه في كل اتجاه وكأن الحجرة تصرخ، ففزع وفد روما وخطوا بضع خطوات إلى الخلف، عندها نظر كبير الكهنة نحو بروتس قائلاً: "تقدم، وقدم سؤالك أيها السفير للعرافة

الآن، وستجيبك بلسان ومشيئة أبولو المعظم"
تقدم بروتس بخطوات مرتبكة نحو العرافة التي هدأ جسدها لكنها لا تزال تتمايل، فإذا بآرونس يجذبه من ذراعه جذبة قوية أوقفته مكانه، فينتبه كبير الكهنة لتصرف آرونس المفاجئ، فيتقدم نحو العرّافة وهو يعرج: "أيتها العرّافة، نسألك أنا وأخي تيتوس وسكستوس، أبناء الملك تاركوينيوس الشرعيين ملك روما، من منا سيخلفه ملكاً؟"

تأخذ العرّافه شهيقاً عميقاً له صوت كصوت صراخ طفل، فترفع يديها للأعلى وهي تقبض من تلك الأبخرة التي انبعثت حولها وكأنها تجمعها حول جسدها المتعرق، فتشير بيدها اليمنى وهي تنظر بعينين حادتين حمراوين في وجه كل من آرونس وتيتوس وبروتس، وبدأت تتكلم بلسان ثقيل وبكلمات لم يُفهم منها شيء، كطلاسم السحرة، فيتغير صوتها، فتارة يسمع لها صوت رجل وتارة صوت امرأة، حتى قالت: "تنقصون واحداً يا أبناء تاركوينيوس"
فيجيبها آرونس بإندفاعية: "نعم، أخي سكستوس، لم يأتي معنا"
فتتكلم العرافة: "قد كسرت رأس سهمي المسموم، وسيختار سهمي بديلاً"
يسألها آرونس بإصرار: "ومن هو هذا البديل؟ من؟"

فتجيب: "من سيقبِّل منكم أمه أولا عند عودته"

وبحدة يسألها آرونس: "من هو أيتها العرافة؟ من منّا؟"

"من كلما روى حقل سنابله ماءً جعلته له دماً، لتأكل ذريته منه خبزاً مزجته بلعاب الشياطين"

اشتد تذمر آرونس من أجوبة العرافة المبهمة التي في كل مرة تزداد غموضاً: "نريد أن نعرفه الآن، من هو؟ سميه لنا، صِفيه لنا"!

وأثناء إصرار آرونس وجداله، صرخت العرافة صرخة مرعبة فاهتز لها المكان بأكمله وارتجفت الأرض من تحت الأقدام، وانطفأت بعض المشاعل، فدب الذعر في قلوب المتواجدين، وسقط آرونس على ظهره وهو يبتعد بخطوات سريعة إلى الخلف، فسجد خدام المعبد جميعاً على الأرض حول العرّافة يتمتمون ويهمهمون بكلمات غير مفهومة لتهدئتها، أما كبير الكهنة فظل واقفاً يتمايل مع تمايلها وقد ظهر على وجهه الغضب، وبعد لحظات توقفت الهمهمات، وتصلب جسد العرافة وألقت برأسها بعنف إلى الخلف وآخذ جسدها بالاهتزاز مرة أخرى في منظر مخيف، وهنا نهض خدام المعبد مسرعين نحوها وما إن أمسكوا بذراعيها لينزلوها من فوق مقعدها حتى انهارت بين أيديهم وانزلقت فتسقط على يديها وركبتيها، ثم رفعت رأسها وهي تنظر نحو بروتس من خلف خصلات شعرها المبلل بالعرق، فأدخلت أصابع إحدى

يديها في فمها فاستقاءت، فخرج من جوفها سائل غليظ أحمر اللون، فوضعت كفيها أسفل فمها فملأتهما بذلك السائل، وأخذت تمسح به على وجهها وأثدائها وسائر جسدها، ثم مدت ذراعيها نحو بروتس بكفين مخضبتين بقيئها، وقف بروتس مذهولاً متقززاً مبتعداً عنها ببطء، ولم يفهم سبب تصرفها هذا ونظراتها الحادة نحوه دون الآخرين، وهنا تحمل العرافة من قبل خدام المعبد ليغادروا بها من حيث آتوا بها.

استدار الجميع نحو الكاهن الأكبر الذي لفت انتباههم بحدة قوله لآرونس: "الحدس الأول هو الأصدق دائماً" فيرد آرونس ولا تزال نبرة الحنق في صوته: "أنا لا أفهم، ماذا"...

فيقاطعه بروتس حتى لا يزداد غضب الكاهن عليه: "ما تفسيرك أيها الكاهن الأكبر فيما قالته العرافة المقدسة؟" ليشرح لهم الكاهن الأكبر بعض ألغاز ما قالته العرافة: "يقول الإله المعظم أبولو: (من يحمل داخله دماً ملكياً نقياً وأول من يقبل أمه منكم، سيُعطى عرش روما وسيتبعه شعبها أينما ذهب، وسيكون أبولو المعظم معه بقوسه وسهمه يسلطه على أعدائه، تلك نبوءة أبولو المعظم، قد نقشت في صحيفة قدر أحدكم)، فيعقب قائلاً: "لكن اعلموا أن أمنيات الإنسان متعددة وكثيرة، فإن أتت، أتت باهظة، لا تحقق إلا لمن ملك ثمنها"

لايزال ما رآه وسمعه وفد روما بعيداً عن إدراكهم وفهمهم بين الخوف والذعر والانبهار، وبين مكذب ومصدق وموقن، فرحلة الإنسان في هذه الدنيا منذ ولادته فيها وحتى ضم الأرض لجسده تقوم على هذا الثالوث الإدراكي، وستحفر هذه الأحداث في أذهانهم إلى الأبد وستحملها صدور القصاصين والشعراء فيجوبوا بها الأرض.

يشير لهم الكاهن الأكبر نحو ممر الخروج ليخلوا الحجرة فيتبعوه نحو قاعته الخاصة، وما إن خرجوا من ذلك السرداب حتى أخذوا يتنفسون بصعوبة وارتفعت أصوات سعالهم وقد أصابهم الدوار والغثيان وحرقة شديدة في أعينهم.
عاد الكاهن الأكبر إلى مقعده فاستدار نحوهم قائلاً: "انتهت زيارتكم يا وفد ملك روما"

فانحنوا له ما عدى آرونس، وهموا بالخروج من القاعة حاملين معهم آلاف علامات الاستفهام، وقبل وصولهم إلى بوابة الخروج، إذ بالكاهن الأكبر يستوقف بروتس ويطلبه وحده، فيعود أدراجه ويقف بين يديه، فأشار الكاهن بيده نحو موضع قلبه قائلاً: "إذا عمي هذا، ستزل أقدامنا لا محاله، عندها سنسقط من حافة سماء اليأس

105

لنهوي على أرض البؤس"

استشاط بروتس غضباً في داخله، فلم يعد يحتمل هذه الكلمات الغريبة، التي لا يقدم عقله لها أي معنى أو تفسير: "لم أفهم، لم أفهم شيء أيها الكاهن، منذ أن جئت هنا وعقلي لا يستطيع تفسير شيء، حتى تفاسيرك في حاجة إلى تفسير"!

ابتسم الكاهن الأكبر وأخرج زفيراً قديماً بقدم أحجار المعبد من بين أضلاع صدره التي برزت من تحت جلده تكاد تخترقه: "عندما تبدأ في سبر أعماق نفسك ستلتقي بالكثير من الوحوش والأرواح الشريرة أثناء هذه الرحلة، فحاول مصادقتهم ولا تستعديهم، إذا أردت العودة سالماً، فاحذر غضبة الآلهة، فقد لا تتوقف لعناتهم عندك، فيمكن أن تتغلغل لتصيب كل ما هو قريب لك ومنك وتلمسه وتشتهيه، اعرف نفسك بروتس، هذا ما يقوله أبولو العظيم" ـ وأشار له بالانصراف.

خرج بروتس حانقاً ناقماً على الكاهن، فهذا اليوم كله بالنسبة له كان يوماً استفزازياً ولغزاً كبيراً، ليجد آرونس في انتظاره يتبعه ويلح عليه بالسؤال وبروتس يسير بخطوات سريعة في رواق المعبد باحثاً عن مكان الخروج إلى السماء والشمس: "ماذا قال لك كبير الكهنة؟، أخبرني"...

"لا شيء، لا شيء"

"ماذا تقصد بلا شيء؟"!

"لم يقل سوى المزيد من الغموض، لم أفهم، ولا أريد أن أفهم فقد انتهت زيارتنا لهذا المكان البغيض، ولن أعود له مرة أخرى في حياتي، فالرومان لا يؤمنون بخرافات وعرافات دلفي وآلهة الإغريق المضطربة وأسحار كهنتهم المغيبين!، فنحن أبناء جوبيتر العظيم الحقيقي"

يهرول بروتس مبتعداً عن آرونس آخذاً بسيفه وهو يتوشحه حول خصره متجهاً نحو بوابة الخروج من المعبد مسرعاً، يخيل له وكأن جدران المعبد تطبق عليه تحاول النيل منه وإبقاءه داخلها، وهو يحاول الهروب من براثن أرواح المعبد التي تركض خلفه، وما إن وقف خارج المعبد وألقت الشمس بضوئها على وجهه حتى أخذ نفساً عميقاً يطهر به ما ألقي في جسده من أبخرة شيطانية واخترق رأسه من كلمات مسمومة.

وطيلة طريق عودتهم إلى روما وهم يفكرون في تلك المشاهد المخيفة وفي كلام العرافة وأقوال كبير الكهنة الغامضة، محاولين فهمها، فتعالت حدة نقاشاتهم فيما بينهم من خلال تحليلاتهم المتباينة، ومنهم من أخذ جانباً على السفينة ليقص المشاهد المرعبة على أولئك الذين لم يحضروا هذا الحدث العظيم، وبإضافة بعض المبالغات.

كان آرونس في هذه الأثناء يقف عند مقدمة السفينة وهو ينظر نحو الأفق البعيد وكلمات الكاهن الأكبر تتردد في رأسه بصوت مرتفع حجبت عن آذانه أصوات الأمواج العالية وهي تضرب مقدمة السفينة بعنف، عندما قال: "من يحمل داخله دماً ملكياً نقياً ..."، فهو يعلم أن بروتس ابن عمته ويحمل هذا الدم الملكي، مما أصبح يهدد أبناء تاركوينيوس، فحان الوقت للتخلص منه بإراقة هذا الدم.

وعند بزوغ الفجر رست سفينتهم في أحد المرافئ فيكملوا سيرهم نحو روما، وعند وصولهم وأمام بوابة روما الرئيسية، ترجل بروتس عن حصانه فينكفئ أسفلها وهو يقبّل الأرض، فضحك تيتوس معلقاً على تصرف بروتس: "ماذا تفعل بروتس؟!، قال الكاهن من يقبل أمه لا من يقبل التراب، آه نسيت فأمك قد ماتت، لعلك تقبلها من فوق الأرض"، فيشارك آرونس بضحكاته الساخرة ما قاله شقيقه تيتوس: "اعتقدت لوهلة أنك فسرت شيئاً مما قيل لنا في معبد أبولو، لكن من الواضح أنك لم تفهم شيئاً، حتى معنى تقبيل الأم"! ليرد عليهما بروتس بهدوء: "أنا أشكر أمنا العظيمة جايا على حفظها لنا في رحلتنا وعودتنا سالمين إلى روما" هذا ما فسره بروتس، فالإلهة جايا هي إلهة الأرض الحنونة العطوفة التي تحسن لكل الكائنات وأمهم جميعاً.

يتوجه كل من بروتس وآرونس وتيتوس إلى قصر الملك تاركوينيوس ليطلعوه على تفاصيل الرحلة وعلى تأويل رؤياه ولينقلوا له ما قالته عرّافة دلفي، فيأذن لهم بالدخول على الملك ليجدوه مجتمعاً مع بعض شيوخ المجلس فما إن رأى بروتس وابنيه حتى أمر بصرف الحاضرين من القاعة وإغلاق الأبواب لينفرد بهم وبعد أن أخذ مقعده قال: "تقدم بروتس واِحكِ لي ما قالوه كهنة وعرافة دلفي"، ليبدأ بروتس في سرد وقائع الرحلة دون إغفال كلمة، وقبل أن يعقب الملك على ما سمع من بروتس، يندفع تيتوس بسذاجته وغبائه اللذان عرف بهما: "لقد قبلت أمي قبل أن يفعل آرونس يا أبي، سأكون خليفتك على عرش روما، أليس كذلك بروتس؟"

ليأتي رد الملك بارداً ومقتضباً: "لتكن مشيئة جوبيتر وأبولو، طالما مُلك روما سيبقى في أبناء تاركوين، لا ينازعهم فيه أحداً..."، فيردف قائلاً لابن أخته بروتس بسخرية: "وأنت بروتس ماذا قبلت عند وصولك؟"!
"لم أُقَبِّل أي شيء سيدي الملك، فلست معنياً بذلك ولست ضمن ورثة عرش روما، فأنا خادم الملك وقائد حرسه المخلص، ولدت لأحمي إرثه وورثته من بعده"
وهنا يدفع آرونس الممدد على أحد المقاعد ذلك الطبيب الذي عكف على تضميد جرحه، فيجلس موجهاً كلماته الحادة لشقيقه: "تيتوس أيها الأحمق، هل صدقت ما قالته

تلك العرافة الثملة؟! أم أنك أُخذت بجسدها العاري؟ فلا عجب، فأنت لم ترَ امرأة عارية في حياتك، وأنت بروتس، لايزال الملك المعظم تستعصي عليه قراءة ما تحمله من نوايا خبيثة وما يملأ صدرك من سموم!"، ليدخل كل من آرونس وتيتوس في شجار ويحتدم الجدل بينهما، أمام الملك.

فتهتز أركان القاعة بصوت الملك مجلجلاً: "اصمتوا...، تتشاجرون كالصبيان أمامي"!
فيعم الصمت وتحبس الأنفاس، فيسير الملك وبغضب شديد نحو آرونس، فسحب سيفه فوضعه على صفحة عنق آرونس الذي اصفر وجهه وهربت من عروقه الدماء وهو متشبثاً بمقعده بكلتا يديه، ينظر فزعاً بطرف عينه نحو حد السيف الذي التصق بعنقه، فصرخ الملك في وجهه: "أيها الأخرق الجهول، لم تتعلم شيئاً مني ولم ترث خصلة تاركوينية واحدة قد تجعل منك ملكاً في يوم من الأيام، ورثت خُبث أمك واستعدائها من في السماء والأرض، بلا صديق ولا حليف، فأصبحت حبيس شكوكك، الشك أيها المعتوه، رفاهية لا يملك ثمنها عقلك، أمثالك يذبحون أثناء نومهم على أيدي الرعاع، فلا يذكرهم أحد"
فيسحب الملك سيفه محدثاً جرحاً في عنق آرونس، فيضع يده عليه متألماً وهو ينظر في وجه أبيه الذي تبدل

كأنه وجه جوبيتر في أوج غضبه.

لم يسمع بعد ذلك سوى ضربات القلوب الفزعة في القاعة، فعندما يغضب الملك يرتجف كل شيء ذعراً، ويصبح القتل ردة فعله الوحيدة، ولو كان أحداً غير آرونس لما أضاع الملك كلمة واحدة ولضرب عنقه وهو في مكانه، يلقي الملك بسيفه أرضاً مصدراً رنيناً قوياً في آذانهم، فيعود إلى مقعده مشيراً إلى الجميع بالخروج من القاعة، فكان أول المنصرفين فزعاً تيتوس الذي ركض مذعوراً خارج القاعة، وحمل بعض الحرس آرونس مسرعين به خلف شقيقه، وهمّ بروتس بالخروج، فناداه الملك: "انتظر بروتس"

فيعود فيرفع سيف الملك من الأرض ويضعه على مقعد بجانب الملك، ويقف بين يديه مطأطأ الرأس: "مولاي"

"هل عرفت أين سكستوس؟"

"بحثت عنه في كل مكان قبل الرحلة ولم أجده"

"أنه في كولاتيا"

"لم أعرف ذلك مولاي"

"أبلغني الحرس أنهم شاهدوه يخرج من بيت إترليموس مع مجموعة متجهين إلى كولاتيا في ذلك اليوم! ولم أره منذ ذلك، لا أعلم ما يدور في رأس هذا الوغد"

"قد يكون ذهب إلى هناك مع كولاتينوس، فأنت تعلم مولاي مدى ارتباطهما"

111

"هل أفسد إترليموس علي سكستوس بحفلاته الماجنة وعاهراته؟"

"إترليموس خادم الملك المخلص، وهو يقدم كل ما يرضي سكستوس، وولاؤه شديد، ولا أحد يستطيع أن يملي على سكستوس ما يفعله"

"إن كنت صادقا فيما تقول عن إترليموس، فما هذا الذي سمعته عن ربيبه وقريبه فلافيوس؟"

"ماذا سمعت يا مولاي؟"

"بأنه يهذي بأحاديث بين الآخرين في منزل إترليموس، يعترض فيها على ما يصدره مجلس الشيوخ ويعارض قراراتي"

"هو كما قلت يا مولاي، يهذي، ولا يعي ما يقوله فالجميع يعرف فلافيوس ومدى إفراطه في الشراب، فكلما ثمل تفوه بكلمات طائشة، وما هي إلا أحاديث الخمر، لا تسترعي انتباه واهتمام الملك"

"لقد انتشرت أحاديث فلافيوس في روما وبات كل من في مجلس الشيوخ يتضرر منها، وأصبح العامة ليس لهم حديث سوى جرأة فلافيوس في معارضته لنا"

"مولاي... فلافيوس خادم لك منذ زمن ووثقت به، فهو كبير الشيوخ الذي وقف بجانبك، وقد جمع مجلس الشيوخ تحت ظل سيفك، والمغرضين والحاسدين له كثر بسبب هذا القرب منك"

"الثقة من خيالات الضعفاء، فأنا أؤمن بالمصالح

112

المشتركة، فجميعهم خبثاء، لا ولاء لهم إلا للأموال والأراضي والمناصب، ولولا سرعة سيفي لما أطاعوني، لا يمنع غدرهم سوى الخوف على أرواحهم وأموالهم، والناس يتبعون حكامهم لا قاداتهم، لذلك اتخذت قراري"

"بالتأكيد سيكون قرارا في محله يا مولاي، وسأكون أول من ينفذه"

"هذا ما يعجبني فيك بروتس، فأنت لست مثل الآخرين، فأنت تملك خبث أمك، فقد كانت تستميل أبانا بكلماتها المنمقة التي كان لها فعل السحر في رأسه، ألا تريد أن تعرف قراري؟"

"إذا رغب مولاي"

"سأعطي سكستوس منصب كبير مجلس الشيوخ بدلاً من فلافيوس السكير، حتى يكون قريباً منهم وعيني عليهم داخل المجلس، أما فلافيوس فأبلغه أنه قد فقد حصانته وجميع امتيازاته من هذه اللحظة، وعليه أن يحذر غضبي"

ما إن سمع بروتس قرار الملك بتنصيب ذلك المعتوه الداعر حتى أخذ يقاوم رغبته الشديدة في الصراخ في وجه الملك بالاعتراض على قراره الذي كان كالخنجر المشتعل في خاصرة روما، ليستيقظ من رغبته هذه سريعاً مظهراً ما اعتاد أن يراه منه الملك من تملق

وتزلف: "قرار حكيم مولاي، فسكستوس أنسب شخص في روما لهذه المهمة وهو لن يخذلك"

في هذه الأثناء تدهم توليا زوجة الملك خلوتهم بعنف وغضب عبر أبواب القاعة بخطوات عنيفة، وبدون مقدمات وقفت أمام الملك مقاطعة حديثه مع بروتس: "ألم يكن خبثي واستعدائي هما سيفك ورمحك اللذان أوصلاك إلى هذا المكان؟"!

تفاجأ الملك وبروتس الذي انحنى أمامها، من تلك الكلمات الفجة المهينة التي أطلقتها في وجه الملك، فظهر عليه الامتعاض والانزعاج الشديد، فنهض من مكانه ضارباً ذراعي مقعده بشدة: "توليا، اندفاعك هذا سيكون سبباً في موتك يوماً ما"، أنهى الملك جملته هذه بضحكة ساخرة استفزت توليا فردت بتهكم: "أنا أعلم أنك تفضل سكستوس على باقي أشقائه، لكن اعلم أيها الملك المعظم أن من يحمل الجرأة لقول الحقيقة في وجهك، قد يحميك أنت من الموت وانهيار عرشك يوما ما"

فزع بروتس من قول توليا وكأنها تشارك آرونس شكوكه التي تحوم حوله، فأُسقط في قلب بروتس أن توليا تشاطر آرونس حدسه ولعلها أكثر يقيناً منه، فتوليا لا يُستهان بفطنتها وخبثها ومقدرتها الفذة على تدبير المكائد

114

المحكمة بالتخلص من أي شخص قد يمس تطلعاتها وموقعها مهما كانت صلة قرابته بها، فمن تدبر قتل شقيقتها وتقتل أباها بدم بارد من أجل شهواتها السادية، لن تتردد في انتزاع رأس أي أحد، لذا اعتاد تاركوين على معاملتها بتوازن حذر، فهو يعرف شذوذها ومدى انحرافها وهي تعرف قلبه الذي لا رحمة فيه.

وبحدة تاركوينيوس: "توليا إنصرفي، قبل أن يمسك غضبي"

وقبل أن تغادر القاعة، رمقت بروتس بنظرة من عينين مشتعلتين ملئت بالازدراء والوعيد، أحس من خلالها بسريان سمها في جسده كله، وبأن توليا قد أصبحت جبهة مشتعلة فُتحت للتو لتنضم إلى آرونس، والأخطر على الإطلاق.

صرف الملك بروتس، ليخرج من القصر مسرعاً، ونظرة توليا التي اقشعر لها بدنه لم تفارق مخيلته طيلة طريقه نحو منزل إترليموس، وما إن أصبح في وسط المنزل، أخذ ينادي بصوت مرتفع على إترليموس.

الفصل الرابع

إستضافة لوكريتيا

عبدالعزيز حمزة

في وقت سابق وأثناء رحلة بروتس وأبناء الملك تاركوين إلى دلفي كان سكستوس وكولاتينوس ومجموعة ممن كانوا حاضرين في منزل إترليموس ليلة الاحتفاء بسكستوس، قد توجهوا جميعاً لكولاتيا بأمر وإصرار من سكستوس ليثبت للجميع شيئاً ما قد خالجه، مزيج بشع من الغيرة والحقد انفجر في صدره نحو زوجة كولاتينوس لوكريتيا، وأنها بالنسبة له ليست سوى امرأة ماكرة كباقي النساء اللاتي يحترفون الخداع والكذب والخيانة، وهي ليست كما يصورها كولاتينوس ويراها الجميع كأوفى وأخلص امرأة في روما.

لم يكن إترليموس هذه الليلة تلك الشخصية الصاخبة المحبة للمتعة واللهو، فلا تزال تطارده صرخات كيلويليا الاستغاثية، وما حدث لها بسبب سكستوس، ولا تزال كلمات تيبتوس تدق رأسه كالمطارق وهو يحدث كيلويليا الغائبة عن الوعي: (ما حدث لكِ الليلة هو عار لن يرفع عن هذا البيت إلى الأبد!).

فكم أحس إترليموس عندها بأبشع أنواع الضعف والاستسلام، كان ينهار من الداخل فلم يستطع أن يوقف ذلك الصوت المستمر داخله طيلة طريقه إلى كولاتيا الذي أخذ يؤنبه ويُهينه على ضعفه وأنانيته تجاه ما حدث لكيلويليا، وقبل دخوله منزل كولاتينوس أقسم بأن يثأر لكيلويليا من سكستوس بأي وسيلة متاحة مسخراً ومستعيناً بكل خبثه ومكره وكرهه، فلم يعد هناك حدود قد تعيق المضي نحو معركة الانتقام من سكستوس، فقد

حان الوقت للتخلص من هذا الطاعون.
حاول إترليموس جاهداً قدر المستطاع أن لا تظهر عليه أو في فلتات لسانه أي علامات غضب قد تفشي ما بداخله ليتحمل مرارة لعابه وحريق جوفه.

وبعد وصول الجميع منزل كولاتينوس دخل عليهم إترليموس مبتسماً، ليستقبله كولاتينوس مرحباً به في منزله: "فقدت الأمل بأن تأتي الليلة إترليموس!"
"وكيف لي أن أضيع شرف استضافة كولاتينوس ولوكريتيا وتواجدي في منزلهما الموقر"
"خذ مقعدك إترليموس فأنت في بيتك هنا"

كان الجميع قد جلس حول مائدة خشبية طويلة في منتصف البيت وحولهم عبيد لوكريتيا يقدمون ألذ أصناف الأطعمة وحاملين جرار النبيذ المزخرفة يملؤون كؤوس الحاضرين، فجلس إترليموس وهو ينظر نحو المتواجدين الذين انشغلوا بالحوارات الجانبية والضحكات العالية، فتخرج عليهم لوكريتيا مرتدية أجمل ملابسها وحليها وكأنها إشراقة قمر مكتمل من خلف الغيوم لتضيء المكان بنور وجهها وبوجنتين تشربتا بلون الشفق، رافعة شعرها الأسود الغزير الذي انسدل على ظهرها، وبدا صدرها وكأنه قطعة بيضاء ناصعة صافية من رخام معبد جوبيتور، وبجرأة نظرات عينيها الواسعتين السوداويتين أخذت تمر على وجوه الحاضرين، مرسلة ابتسامة من على شفتيها العذبتين اللتان لا ظمأ بعدهما أحداً، فأُخذ من في القاعة بحسنها وبهاء طلتها، ليعم المكان السكون وصمت الحاضرين

عن الكلام مكتفين بمراقبتها وهي تسير نحوهم بطول قامتها تتهادى فيهتز جسدها الغض تحت ضربات أعقابها الزهرية الأرض: "عمتم مساءً يا سادة شرفتم هذا البيت في حضرة القائد سكستوس"

خرجت تلك الكلمات العذبة كصوت قطرات المطر على رمال الصحراء العطشى، صوت تسمعه القلوب قبل الآذان، ازداد انبهارهم ففقدت عقولهم الإحساس بالزمان والمكان وفغروا أفواههم أمام تلك الآلهة لوكريتيا، فما قيل عن جمالها وعذوبة صوتها حقيقة ولم تكن قصصاً من الخيال أو مجرد قصائد أسطورية!

كانت لوكريتيا تحمل جرة نبيذ تمر بها عليهم لتملأ كؤوسهم بنفسها واحداً تلو الآخر، فكانوا يتجرعون كؤوسهم بسرعة فيرفعونها فارغة مشيرين لها بالمزيد، حتى تعود مرة أخرى فيستنشقوا عبير جسدها ويمعنون النظر في تفاصيل جسدها التي بدت من وراء ردائها الأبيض الشفاف كلما مرت بجانبهم.

ليقطع كولاتينوس خلواتهم وخيالاتهم مع لوكريتيا قائلاً: "هذه زوجتي لوكريتيا وقد جئتم جميعاً ورأيتموها وهي تعمل في منزلها مع عبيدها، وقد حضرنا بدون سابق إنذار وها هي تقوم بعملها كزوجة حرة مخلصة تكرم الضيف وترعى بيتها في وجود زوجها وفي غيابه" رفع الجميع كؤوسهم وبصوت واحد: "إلى لوكريتيا"

إلاّ سكستوس الذي جلس يحدق في لوكريتيا منذ أن

ظهرت بنظرات اختلط فيها الحقد بالانبهار، حاول
سكستوس بكل صعوبة إخراج بعض كلمات المديح في
حق لوكريتيا لكنه كلما حاول ذلك منعه شره وحسده
وألجمت لسانه غيرته، فأخذ يملأ كأسه بالنبيذ واحداً تلو
الآخر، لعله يخدر شره فينطق بكلمة فيها شيء من الثناء
لكن نفسه المعلولة أقوى من أن يخدرها نبيذ روما كله:
"لوكريتيا العزيزة يا زوجة أخي كولاتينوس الوفي، جئنا
اليوم لنثبت للجميع أنك من أوفى وأخلص النساء، لكن
من الصعب إقرار ذلك دون اختبار!"

نظر الجميع نحو سكستوس محاولين فهم ما قاله مترقبين
بخوف ما سيقوله لاحقاً، فقال أحد الجنود المخمورين
ضاحكاً: "وكيف يمكن ذلك سكستوس، هل سنقوم
بإغواء لوكريتيا؟"

ظهر الانزعاج على وجه كولاتينوس وبعض
الحاضرين من إجابة ذلك الجندي الثمل، فمال عليه أحد
زملائه الجالسين بجانبه بعد أن وكزه في صدره هامساً:
"انتبه لما تقول أيها الأحمق، فنحن في منزل كولاتينوس
وهذه زوجته التي تتحدث عنها!"

لكن لوكريتيا لم تنزعج مما قاله الجندي ولا من تلميحات
سكستوس ونواياه المفضوحة لها، فلوكريتيا شديدة
الذكاء تعرف متى تتكلم وماذا تقول وإن قالت ألجمت من
أمامها بقوة منطقها وبلاغة حجتها، فابتسمت لسكستوس:
"صدقت سكستوس فحتى نثبت شيء ما لابد أن نخضعه
للاختبار، لكن دعني أروي لك سكستوس قصة حدثت
منذ زمن في قريتنا تحمل اختباراً قديماً لوفاء الزوجة
وإخلاصها، (يحكى أن زوجة خائنة قامت بمضاجعة

شقيق زوجها الذي كان زوج شقيقتها في نفس الوقت، يقال أنها كانت تحبه سراً! لم يتوقف فسادها وانحرافها عند حد الخيانة، بل استطاعة إغواء زوج شقيقتها فأصبح عقله تحت لعنتها بعد أن بثت فيه سمومها فأذعن لخططها بأن يتعاونا معاً ليتخلص كل واحد منهما من شقيقه، فلفقت بمكرها والشر الذي حمله قلبها التهم الباطلة فتم قتلهما بدم بارد ليخلوا لها زوج شقيقتها وتخلو له زوجة شقيقه، فيتزوجا لاحقاً يربطهما رباط غليظ فتل من خيوط العهر والشر).
فهل تعتقد أيها القائد سكستوس أن زوج هذه الخبيثة الذي رضخ لشرورها قد يأمن مكرها وخيانتها له في أي وقت مهما أظهرت له من إخلاص ووفاء اعتقاداً منها أنها بذلك ستتقي شكوكه فيها؟

كانت لوكريتيا تلمح بتلك القصة إلى ما فعلته أم سكستوس (توليا الصغرى) بخيانتها ومعاشرتها والده الملك تاركوينيوس زوج أختها (توليا الكبرى) آنذاك، واتفاقهما على قتل شقيقتها وشقيقه، لم يفهم الكثير من الحاضرين ما كانت ترمي إليه لوكريتيا بتلك القصة، لكن إترليموس كان ضمن أولئك الذين فطنوا لمغزاها فغص بشرابه ونظر نحو سكستوس الذي لم يكن أقل فطنة من إترليموس، فرآه يعتصر مقبض سيفه وقد احمر وجهه من الغضب، ليتدخل إترليموس سريعاً وكأنه يصب الماء على سيف سكستوس الذي أضرمت فيه النار وبسخرية: "أجيبك أنا لوكريتيا، فأنا أكثر رجال روما خبرة ومعرفة بالنساء، تستطيع المرأة فعل أي شيء تريده وترغب فيه، مع ذلك هي لا تستطيع تمثيل

الوفاء وإظهار الإخلاص! فإلا ما تفضحها عينيها وتشي بها تصرفاتها، خصوصاً لو أن تلك المرأة في القصة قد خانت شقيقتها لشعورها بفقدان الحب مع زوجها والذي وجدت مع زوج شقيقتها، فإذا أحبت المرأة رجلاً لن تردعها قرابة ولن تمنعها حتى الأقدار، أليس كذلك لوكريتيا؟

لتجيب إترليموس وهي تنظر بحدة في عيني سكستوس: "الرذيلة لا يبررها فقدان الحب، فهناك فرق بين خلو القلب من الحب وخلوه من الفضيلة، فالمرأة المحبة الوفية تقاتل بشراسة أنثى الذئب كل كلب مسعور يحاول أن يدنو منها أو يلوث عرينها، وتضحي بحياتها في سبيل ذلك"

ازداد غضب سكستوس وحنقه، فأخذ يصب النبيذ في كأسه بتوتر ملحوظ فكان كلما تجرع كأساً ضرب به بعنف سطح المائدة، ليعود إترليموس لتلطيف الحوار فأخذ يلقي بعض قصص نسائه المضحكة ليغير الجو القاتم الذي انسدل فجأة على المكان، فتعالت ضحكات الجالسين وهم منهمكين في دفع الطعام في أفواههم، استمر إترليموس من مكانه في مراقبة سكستوس الذي كانت نظراته الساخطة تتبع لوكريتيا أينما ذهبت.

فها هي اللحظة التي ينتظرها إترليموس قد حانت والتي سوف تجعله يبر بقسمه لكيلوليليا وينتقم لها، فبينما يبرم إترليموس عهوده ويخطط مع شياطينه داخل عقله، كان كولاتينوس في هذه الأثناء يحاول فهم ما يدور حوله بين

سكستوس ولوكريتيا فهو يستشعر شيئًا ما، استصعب عليه فهمه، لكنه فضل التباهي أمام الحاضرين بمجموعة من سيوفه الفاخرة وخصوصاً سيفه المفضل ذو المقبض العاجي، وكانت لوكريتيا قد أخذت مكاناً لها في إحدى زوايا القاعة فجلست وهي تسطع نوراً تداعب قطة صغيرة في حجرها، ليفاجئها إترليموس وهو يجلس بجوارها وقد علت وجهه ابتسامة ساذجة: "لقد أغضبت سكستوس بتلك القصة"

حاولت لوكريتيا إخفاء مقصدها بإنكار نواياها عن إترليموس: "ومما يغضب؟! فلم تكن سوى قصة عابرة ذكرتها لأرد بها على ما قاله"

تجرأ إترليموس ليبين للوكريتيا أنه أدرك ما قصدته من القصة، فقال لها بصوت خافت: "لكنك تعلمين أن تلك القصة تشبه إلى حد كبير قصة أمه توليا وما فعلته بزوج شقيقتها وشقيقتها لكنك لم تتطرقي إلى ما فعلته بأبيها"

ابتسمت لوكريتيا وهي تنظر لقطتها: "لم أكن أعني ذلك"

وهذه الابتسامة كانت كافية لإترليموس الحذق بأن تكون علامة فهم كل منهما للآخر: "حسناً لنفترض ذلك، لكن لو لم يكن هؤلاء الجنود هنا الليلة لقتلك سكستوس وبدون تردد، فأنا أعرفه أكثر منك، فقد شوه اليوم إحدى فتياتي وقد تركتها وهي بين الحياة والموت تلك المسكينة كيلويليا"

فلمعت عيني إترليموس بدموع حُبست داخلهما، فها هو يستخدم مآسيه بكل مكر لخدمة مآربه، فرأت لوكريتيا مسحة من الحزن وقد علت وجهه فأظهرت شيئاً من التعاطف معه وزيادة في الكره لسكستوس: "لا يخيفني

هذا اللعين ابن الخبيثة توليا، فأستطيع انتزاع قلبه قبل أن
تطرف عينه"

نجح إترليموس في الولوج إلى قلب لوكريتيا بتلك
الدموع الحقيقية وملامح وجهه الحزين: "قد فعلت ذلك
لوكريتيا، قد فعلت ذلك أيتها الشجاعة مالم يستطع فعله
الكثير من الرجال، لقد انتزعت قلبه، وأستطيع أن أرى
ذلك في وجهه، فهو لم يُشِح ببصره عنك منذ تلك اللحظة
فعيناه ترقبك في كل المكان، هو الآن ينظر نحوك، لن
يهدأ هذا اللعين حتى ينفذ ما يدور في عقله الشرير"
"ماذا تعني إترليموس؟ إلى ماذا تلمح؟"
"أعني أن هذه الليلة لن تنتهي قبل أن تكون لسكستوس
الكلمة الأخيرة، لذا انتبهي عزيزتي لوكريتيا، ولا تعولي
كثيراً على كولاتينوس فيكفيه منه ما يفعله به من إساءات
وإهانات، حتى الملك لا يسمع من أحد عندما يتعلق الأمر
بسكستوس فهو عنده الصادق الأمين"
"هو يحمل دماء زوجي فهو تاركويني، لن يجرؤ على
فعل أي شيء لي أو لكولاتينوس، فهو أجبن من أن يمس
شعرة مني"
"لا أظن أن تلك الدماء ستحمي أحداً من هذا اللعين، فقط
انتبهي وكوني حذرة"
انزعجت لوكريتيا من تكرار تحذيرات إترليموس ولم
تكترث لها، فهل غرورها وشجاعتها المفرطة منعتها من
رؤية ما بالإمكان حدوثه؟: "إن كأسك فارغ إترليموس،
سأحضر لك كأساً آخر" أم أنها محاولة من لوكريتيا
لإنهاء هذا الحوار الذي أوقع الخوف في قلبها؟
"أعذريني عزيزتي، لن أستطيع شرب المزيد من النبيذ،

فلا أريد أن أسقط عن عربتي وأنا في طريق عودتي لروما"

يعود إترليموس إلى مكانه على المائدة بعد حواره الماكر مع لوكريتيا، فلوكريتيا لم تكن معجبة يوماً ما بإترليموس ولا بعمله، حتى هذه الليلة التي تعرفت فيها على شخصيته الحقيقية، وكما حدث مع كولاتينوس باستمالة إترليموس له، فقد وجدت لوكريتيا فيه شخصاً عطوفاً عاطفياً وقد شاركته ما تخفيه بعد أن اكتسب ثقتها بإظهار خوفه عليها وعلى زوجها.

في هذه الأثناء يشير سكستوس من مكانه في رأس المائدة لإترليموس، فينهض مسرعاً نحوه فيجلسه بجانبه: "رأيتك تتحدث إلى لوكريتيا"
وبسرعة بديهته التي لا تكشف عن مكنون مكره: "نعم، كان كولاتينوس قد طلب مني أن أقنعها بأن تنتقل إلى روما وتغادر كولاتيا لتكون قريبة منه وكان قد طلب مني سابقاً أن أجد لهما منزلاً يليق بهما"
"تبهرني دائماً إترليموس بمثابرتك خدمة الآخرين، فخدماتك تتعدى حدود متعة الأجساد"
"وكيف لا أيها القائد فأنا ابن روما يطوق عنقي التزام نحو ملكها وشعبها"
"ما رأيك في لوكريتيا؟ ومن كانت تقصد بتلك القصة التي ألقتها علينا؟!"
ابتسم إترليموس وهو ينظر يميناً ويساراً فاقترب من سكستوس: "هل صدقت تلك القصة الملفقة؟ لقد استفزها كلامك ومنطقك القوي عن وضعها تحت الاختبار، فقد

نلت من غرورها وكبريائها المزيف الذي لا يجب أن يكون لأحد أن يظهره في حضورك"
وبغضب ملفت وصوت مسموع يرد سكستوس لا إرادياً: "ساقطة!"
ليعود فيكمل حديثه مع إترليموس بهدوء: "ما فائدة الجمال في امرأة تحمل الغرور والفضيلة معاً؟ هي ليست أفضل نساء روما كما يدعون! أجزم أن عبداً في مقدرته أن يغويها وينال من جسدها في لحظات"
يكتم إترليموس ضحكاته المفتعلة الخبيثة: "صدقت يا سيدي، فمن معرفتي بالنساء وجدت أن أكثرهن فضيلة أضعفهن وأسهلهن على ارتكاب الرذائل"
يبتسم سكستوس ابتسامة الشامت: "صدقت إترليموس"
يعود سكستوس وكأنه يريد دافعاً ومبرراً ما لينفذ ما يدور في رأسه: "لكن تلك القصة التي ألفتها لا أظن أنها من نسج خيالها"
وباستغراب مفتعل يقترب إترليموس أكثر من سكستوس يحثه على الإفصاح عن ما بداخله فيسأله وهو يعلم الإجابة مسبقاً: "ماذا تقصد يا سيدي؟ قصة من هي إذن؟"
يتجرع سكستوس كأساً آخر من النبيذ وقد أحمرت عيناه من شدة الغضب والثمالة، فخرجت كلماته دون تحكم: "تقصد هذه الخبيثة قصة أمي مع شقيقتها اللعينة"
يظهر إترليموس صدمة مصطنعة: "ماذا؟!"
"لا تستطيع هذه العاهرة أن تخدعني بجمالها وقصص خُلقها المزيف"
"كيف تجرأ حتى على التلميح بذلك في وجودك في بيتها وأمام زوجها والحاضرين، لا أكاد أصدق ذلك! عذراً يا

سيدي قد تكون مخطئاً؟"

نظر سكستوس إلى إترليموس نظرة مرعبة اقشعر لها جسده: "أنا لا أخطئ إترليموس، فأنا أستطيع تمييز العاهرات والخبثاء من نظرة واحده في أعينهم، وأشم رائحتهم الكريهة عن بعد"
بلع إترليموس غصته بصعوبة وتراجع خوفاً وأوشكت حباله تتفلت من بين يديه ويفتضح أمر مكيدته وكاد أن يتوقف هنا عن إكمال الحديث، لكنه تذكر وجه كيلويليا الذي عبر أمام عينيه: "لا أقصد ذلك سيدي، لكن هذه إهانة لا تغفرها حتى الآلهة ولابد من ردها بأقسى الطرق، فهي تهين عائلة الملك تاركوينيوس، بل هي تهين روما كلها!"

أخذ إترليموس يكيل العبارات المحرضة على مسامع سكستوس الذي بدأ جسده كله ينتفض حاملاً دماراً داخله كما تحمل الغيوم صواعقها، فأقسم سكستوس وهو في أوج غضبه: "لن أترك عاهرة كولاتيا هذه حتى أنتقم منها وأذلها وسأجعل منها عبرة ومن اسمها صفة لكل رذائل الأرض"
وهنا سكب إترليموس كل ما يحمله من زيت على نار سكستوس مؤججاً جحيماً في قلبه تجاه لوكريتيا لا تطفؤه كل مياه نهر تيبيرس، وبجرأة شيطانية وبصوت منخفض يهمس إترليموس في أذن سكستوس: "الدي ما يجعلك تبر بقسمك أيها القائد"

نهض سكستوس فجأة في تلك اللحظة وبصوت مرتفع

ليسمعه كل من في القاعة: "أرني حصانك إترليموس الذي تقول عنه أنه أأصل حصان في روما!، وإن كان كذلك سأشتريه منك مقابل ما تريد"

أخذ إترليموس برهة ليفهم تصرف سكستوس وهو ينظر إليه في استغراب، حتى فطن أن سكستوس يريد أن ينفرد به خارج المنزل: "نعم، هيا بنا إنه في الخارج"

وما إن خرجا من باب المنزل حتى جذبه سكستوس بقوة نحو إحدى زوايا الطريق المظلمة: "تحدث"

تلفت إترليموس في كل اتجاه ليتأكد من عدم وجود أحد حولهما: "كما ترى منزل لوكريتيا يقبع خلف بيوت كولاتيا وبعيداً عن منازل العامة، وهو من طابقين، وحجرة لوكريتيا في الطابق الأعلى، ولديها أربعة من العبيد، رجل وثلاث نساء، ينامون في هذه الحظيرة خارج المنزل"

"ماذا تقول، ما علاقة الطوابق وحظيرة العبيد بما نتحدث فيه؟!"

"سأشرح لك...، سنعود جميعاً بعد قليل إلى روما، وعليك أن تأمر كولاتينوس بالذهاب إلى روما أيضاً لأمر هام يستدعي ذلك حتى لا يبيت الليلة في منزله، وعليك أن تظهر سكرك الشديد وأنك لا تقوى حتى على الوقوف حتى يسقطك النوم العميق، عندها سأشير على كولاتينوس أن يتركك في منزله حتى إذا أفقت وذهب عنك السكر عدت إلى روما مع عبدي الذي سأتركه معك ليخدمك، عندها لن يبقى في المنزل سواكما أنت ولوكريتيا في حجرتها البعيدة في الطابق الأعلى، وباقي الخطة سأتركه لك فأنت في منزل من أهانك"

وقعت خطة إترليموس على مسامع سكستوس وكأنها
أنجح خطة حربية لاحتلال العالم بأسره، فحتى الشياطين
لا تملك خبث إترليموس: "إترليموس أيها الثعبان قد
اتخذت مكاناً قوياً ومكانة لن تتزعزع عندي، فقد
أصبحت من هذه اللحظة من أقوى رجال روما وأكثرهم
نفوذاً"

"لست سوى خادم للتاركوين يا سيدي"

عاد كل منهما إلى الداخل وسكستوس يضحك بصوت
مرتفع: "أهذا ما تقول عنه أأصل وأسرع حصان في
روما؟! أنت تفهم في النساء فقط إترليموس أما الجياد
فاتركها لمن هو أخبر بها منك، لم أرَ في حياتي حصاناً
خجولاً لا يهز حتى ذيله!"

فتعلوا ضحكاتهم أمام الآخرين، فيجلس سكستوس في
مكانه ويطلب من أحد العبيد وبصوت مرتفع ليُسمع
الحاضرين جرة جديدة من النبيذ، ليبدأ تنفيذ خطة
إترليموس.

وبعد عدة أكواب من النبيذ يشير سكستوس لكولاتينوس
فيأتيه فيجلسه بجانبه ويميل نحوه وكأنه يبلغه سراً
حربياً: "أريدك أن تعود إلى روما معنا الليلة"

"لكن..."

"لا تقاطعني واسمع ما سأقوله لك، نمى إلى علم الملك
أن هناك مؤامرة يحيكها بعض شيوخ المجلس، وقد طلب
مني ونسيت أن أخبرك بذلك بأن أزيد عدد الحرس داخل
وخارج قصره،

"لكن هذا عمل بروتس فهو قائد حرس الملك!"

أعلم أن بروتس هو قائد الحرس، لكنني لا أثق به عندما

يتعلق الأمر بالملك لذا سأكلفك بهذه المهمة الحساسة، فأنا أعدك بأن تكون أنت قائد حرس الملك الخاص"

استحوذت كلمات سكستوس على كولاتينوس بثقته فيه وبأنه سيكون قائد حرس الملك الخاص، فأراد أن يظهر في هذه اللحظة جدارته بالمنصب الجديد وولاءه عندما سمع كلمة مؤامرة، وبدون تردد قال: "فلافيوس الحقير"

فتعجب سكستوس: "فلافيوس؟!، ماذا تقصد؟"

"كنت أراقب هذا الوغد وما يُنقل عنه من أحاديث ضد الملك والتي ينشرها في أرجاء روما خصوصاً عندما يكون في منزل إترليموس أمام الآخرين، فتاريخه وقصصه مع الملك تجعل منه مشتبهاً ومحركاً رئيسيا لأي مؤامرة"

تضاربت الأفكار واختلطت الهواجس في رأس سكستوس بين إتمام خطة إترليموس وبين ما سمعه للتو من كولاتينوس عن فلافيوس واحتمالية تمرده على الملك، لكنه آثر خطة إترليموس على شبهات تحوم حول فلافيوس، لكنه يستخدمها لإقناع وحض كولاتينوس على الذهاب إلى روما: "إذن عليك الذهاب إلى روما الليلة، والوقوف على حراسة الملك بنفسك، واترك لي أمر فلافيوس"

"حسناً، هل نذهب الآن؟" سأل كولاتينوس بحماس.

"ليس بعد، لندع الرجال يستمتعون ويشربون قليلاً"

وبعد مرور بعض الوقت، بدت على سكستوس علامات الثمالة الشديدة، فأخذ يترنح واقفاً وجالساً وأصبح لسانه ثقيلاً وكلماته غير مفهومة، فها هو يتقن دوره بكل جدارة، فلا يوجد أقوى ولا أشد من حافز ودوافع الانتقام.

يظهر سكستوس مغالبته النعاس أمام الجميع فيسقط من
على مقعده مغشيا عليه فيحمله بعض رجاله ويضعوه
على أحد المقاعد الكبيرة، ليبدأ دور إترليموس المراقب
عن بعد للموقف فيطلب الإذن من كولاتينوس
بالانصراف والعودة إلى روما.
"انتظر إترليموس، فسوف نعود جميعاً إلى روما"

تفاجأت لوكريتيا برد كولاتينوس فظهر عليها الضيق،
فوقفا يتحدثان على انفراد عن عودته إلى روما فهو من
المفترض أن يبقى معها، وإترليموس ينظر نحوهما،
وكولاتينوس محاولاً إقناع لوكريتيا وهي تحتضنه
وتمرر أصابعها بين خصلات شعره وتقبل وجهه، فما
كان من إترليموس أمام هذا المشهد إلا أن أشاح ببصره
عنهما وأخفض رأسه حتى لا يتسلل شيء إلى قلبه قد
يؤثر على خطته، مع ذلك، لم يستطع منع صراعاته
الداخلية البشعة بين دوافع الانتقام من سكستوس وبين
جرم التضحية بلوكريتيا، فلم يعد هناك مجال للتراجع
الآن، ليكبر حجم هذا الصراع المرير الذي ينتاب
إترليموس ليصبح قتالاً عنيفاً حتى الموت بين الغاية
ومبررات الوسيلة، فكلما حاول الضمير النهوض أسقطه
الانتقام، ليحجب قلبه عن عقله.

أفاق إترليموس من هواجسه تلك على صوت
كولاتينوس وهو يحث سكستوس على النهوض من
خلال عدة محاولات فشلت جميعها في إفاقته، فتدخل
إترليموس قائلا: "عزيزي كولاتينوس، من الواضح أن
القائد سكستوس لن يستطيع النهوض كما ترى، فهو

تقريباً مغشيٌّ عليه! ولن يتمكن من العودة إلى روما معنا، فقد تعرضه لخطر السقوط من على حصانه" وافق الحاضرين رأي إترليموس، فأسقط في يد كل من لوكريتيا وكولاتينوس الذي لم يعرف ماذا يفعل: "لا نستطيع البقاء بجانبه حتى يفيق فلدي أمر هام علي أن أقوم به في روما"

عاد إترليموس ليقدم الحل الأمثل: "الأمر بسيط كولاتينوس، سأترك أحد عبيدي معه إلى أن يستيقظ ويقوى على الركوب فيعود به لروما، فسكستوس يعتبر في منزل أخيه أولا وأخيراً"

"حسناً، احضر عبدك الذي سيبقى معه"

نادى إترليموس على أحد عبيده وأمره بالبقاء مع عبيد كولاتينوس على أن يقوم على خدمة القائد سكستوس وأن يعود به إلى روما فور استيقاظه، تُرك سكستوس على ذلك المقعد بجوار أحد النوافذ وقد استسلم لنوم عميق، وهموا بالخروج جميعاً متوجهين إلى روما، فوقف كولاتينوس مودعاً لوكريتيا وهو يعدها بعودته فور انتهاء مهمته.

وفي لحظات خلا المنزل من كل من كانوا فيه فلم يتبقَّ في القاعة سوى لوكريتيا، التي توجهت نحو حجرتها في الطابق الأعلى وتركت العبيد ينظفون المكان من الأطباق والكؤوس وجرار النبيذ قبل مغادرتهم للنوم، وسكستوس ممدد أمامهم يغط في نوم عميق لم توقظه الأصوات وهم يضحكون على صوت شخيره المرتفع.

ما إن فرغ العبيد من أعمالهم حتى غادروا جميعاً إلى

حظيرتهم ليستسلموا للنوم من شدة التعب والإرهاق، فسكن كل شيء في المنزل وساده الهدوء، هنا نهض سكستوس من مكانه بحذر شديد وهو ينظر في كل اتجاه ونحو الزوايا المظلمة ليتأكد من خلو المكان، فيسير على أطراف أصابعه صوب الطابق الأعلى متوجهاً نحو حجرة لوكريتيا، وما إن وقف أمام حجرتها وضع إحدى أذنيه على الباب فلم يسمع شيئاً فتأكد أنها قد نامت، فدفع باب الحجرة ببطء وحرص على أن لا يصدر أي صوت وهو يغلقه خلفه، ليجد لوكريتيا وقد استقلت نصف عارية، وبحركة سريعة اعتلى فراشها وجثم عليها واضعاً جسدها بين فخذيه، لتستيقظ لوكريتيا فزعة مذعورة وهي تنظر نحو ذلك الشيء الذي انقض عليها فجأة، حتى تبينت وجه سكستوس ورائحة النبيذ التي انفجرت من أنفاسه وشدة لهاثه، فأمسك بيديها خلف رأسها مقيداً حركتها، ليقترب من وجهها وهي تقاومه وتتلوى تحت جسده الثقيل، فيلامس أنفه عنقها فيشمه بقوة ليصل لأذنها فيهمس فيها: "اصرخي، فأنا أحب سماع صوتهن وهن يصرخن، اصرخي، فلن يسمعك أحد أيتها العفيفة"

وفي ظل كل هذا الفزع والذعر الذي استيقظت عليه لوكريتيا إلا أنها لم تصرخ أو حتى استغاثت بأحد، فقد أظهرت رباطة جأش وكبرياء منعاها من الاضطراب حتى تتمكن من التفكير بوضوح لعلها تخرج نفسها من هذه المحنة، فهدّأت من روعها وقالت: "ماذا تريد أيها الوغد؟ غبي أنت إن ظننت أن لن يعرف أحد بفعلتك هذه"

135

"أريدك أنتِ، أريد أن أتذوق طعم المخلصات الوفيات،
ولن تجرئي على فضح نفسك"

"كم أنت حقير سكستوس، تتهجم على زوجة واحد من
أقربائك وصديقك وهي في مخدعها، بعد أن تركك في
منزله ووثق بك، لن تنال مني شيء أيها الخنزير القذر"

استل سكستوس خنجره فوضع طرفه على نحرها: "إليك
هذه القصة، (عُثر على جثة لوكريتيا عارية داخل
حظيرة عبيدها وملقاة على جثة أحد عبيدها، لقد قتلهما
ابن روما المخلص القائد سكستوس بعد أن رأى لوكريتيا
وهي تتسلل خارج منزلها نحو حظيرة عبيدها لتضاجع
عبدها النجس!)، ولتتغنى كل كولاتيا بقصة لوكريتيا
العاهرة زوجة القائد لوسيوس تاركوينيوس كولاتينوس
وابنة النبيل سبوريوس لوكريتيوس تريتشيبيتينوس، ما
رأيك في هذه القصة، أليست أفضل من قصتك؟"

انهارت لوكريتيا لعلمها أن الرومانية الحرة لا تضاجع
عبيدها فهذا من أعظم العار والخزي الذي قد تلحقه
رومانية بنفسها وعائلتها وأسلافها وخصوصاً إن كانت
من عائلة رومانية نبيلة ومعروفة كعائلة لوكريتيوس.
أرخت لوكريتيا جسدها وتوقفت عن مقاومة سكستوس
وتجمد عقلها فلم تعد قادرة على التفكير فهي تعرف
سكستوس وتعرف أنه قادر على فعل ذلك دون أدنى
تردد، لتستسلم له ولرغباته الدنيئة، فما إن رأى
خضوعها في عينيها حتى أخذ يضاجعها بشراسة
وعنف، مهيناً ومدنساً جسدها الذي أخذ يئن كل جزء فيه
تحت وطأة ارتطام جسده الثقيل بجسدها الرقيق، فما كان
منها إلا أن أشاحت بوجهها وأغمضت عينيها،

وسكستوس يقلِّب كيف يشاء جسدها الذي أصبح وكأنه جذع ميت خاوٍ، فلا علامات تدل على أنها حية سوى بضع دمعات حارقة كأنها سياط الآثمين سالت لتلهب وجهها البارد الذي خلا من أي معالم وكأنه وجه تمثال لا يعبأ بالصواعق ولا بالرياح.

ما إن فرغ سكستوس حتى نهض مسرعاً عن جسدها الذي ملئ بالخدوش والبقع الحمراء فشرع في ارتداء ملابسه: "تذكري، ستكون كلمتك ضد قصتي، إن تفوهت بما حدث الليلة، فاكتمي ما كان بيننا وليكن سرنا الصغير، فمن يدري، لعلي أقوم بزيارتك مرة أخرى ولعلك أُعجبتِ بما وجدتِ"

احتضنت لوكريتيا جسدها المرتجف وكأنه يصرخ صرخات المعذبين بالنار والحديد، فلم تنطق بكلمة واحده، وقبل أن يهم سكستوس بالخروج وقف عند باب الحجرة واستدار نحوها: "قصتك التي ألقيتها الليلة تذكرتها، فأنا ابن تلك الزوجة الساقطة الخائنة التي قتلت شقيقتها وأباها"

نزل سكستوس إلى الطابق السفلي وهو يتهادى، ليجد برميلا من الماء فيغمس رأسه فيه، ويأخذ جرعة كبيرة من النبيذ من إحدى الجرار، ويغادر مسرعاً إلى روما.

في وقت سابق، كان قد وصل إترليموس إلى منزله في روما، وكان في انتظاره تبتوس خارج المنزل، فتبتوس لم ينم تلك الليلة لحين عودة سيده من كولاتيا والاطمئنان عليه، فيتوجه إترليموس مسرعاً داخل منزله ماراً بتبتوس ولم يرد على تساؤلات تبتوس له: "سيدي أأنت

بخير؟ ماذا حدث في منزل كولاتينوس؟"
يسير إترليموس نحو حجرته في صمت حتى أغلق خلفه
بابها في وجه تبتوس الذي وقف مندهشاً.

استلقى إترليموس بملابسه بجانب آلبا التي كانت تغط
في نوم عميق فلم تشعر به، أما إترليموس فقد كان في
عالم آخر يحلق بعينيه نحو سقف الحجرة واستحوذت
عليه تلك الأصوات الغريبة والوجوه المخيفة داخل
رأسه: "أيها اللعين الفاجر ماذا فعلت؟ أيها الخبيث
الفاسق ماذا اقترفت يداك؟، ستلاحقك لعنات الآلهة
وستهوي بك إلى باطن الأرض"
يدير إترليموس رأسه يميناً ويساراً وهو يضرب جبهته
بقبضة يده لعله يتخلص من هذه الأصوات، لكن دون
فائدة، لترتفع تلك الصرخات في أذنيه فبدأ جسده يرتجف
وكأن الشياطين تحاشدت عليه وهي تكبل أطرافه بأغلال
من نار، وتحت هذه الوساوس نهض فجأة مطلقاً صرخة
استيقظت عليها آلبا مذعورة لتجده بجانبها وهو ينتحب
بصوت مرتفع: "سيدي، ماذا بك؟"
"قتلتها، قتلتها"
"من قتلت؟!"
"لن تغفر لي الآلهة ما فعلت، لن يطهرني من خطيئتي
ماء الأرض"

أخفى إترليموس رأسه في صدر آلبا فضمته إليها
فشعرت بقوة ارتعاد جسده وخفقان قلبه، وهو يبكي
مطلقٌ لأعمق الآهات.
وبصوت متهدج: "لقد قمت بفعل لم يسبقني له أحد، أنا

ملعون، ملعون"

"اهدأ عزيزي وأخبرني مالذي حدث"

رفع إترليموس رأسه ونظر في عيني آلبا: "لقد حرضت سكستوس على اغتصاب لوكريتيا، لأنال منه، انتقاماً بما فعله في كيلويليا، لقد قمت بفعل شنيع، فعل حمل كل العار، لقد دنس جسدها الطاهر وأنا من دفعه لذلك"

استوعبت آلبا لبرهة ما قاله إترليموس: "وما أدراك أنه فعل ذلك؟ هل شاهدته؟"

يعود إترليموس ليلقي بوجهه بين ذراعي آلبا ويطلق صرخة مكتومه ألهبت صدرها: "آآآآه، أعلم أنه قام بذلك، أعلم، أعلم" وبصوت خشن غاضب "سأنتقم منه، سأقتله بيدي"، فيعود باكياً منتحباً"

لكن من سينتقم مني؟ من سيأخذ بثأر لوكريتيا مني؟ من سيطهرني من هذا العار؟" فيمسك بكتفي آلبا وهو يهزها" اقتليني، ها أنا قد اعترفت لكِ فبلغي عني ما سمعتي، أو اقتليني الآن"

تسمع آلبا هذه الكلمات فتسقط عليها كالصخور الحادة لتنهار أمامها: "سيدي وحبيبي ومالكي، لا أسلمك لأحد ولن أخونك ولن أغدر بقلبك ما حييت، فأنت كل ما لي في الأرض وفي السماء"

فتقبل رأسه وتحتضنه، وبصوتها العذب: "اهدأ إترليموس فلن يصيبك شيء، سنستطلع الأمر في كولاتيا، حتى وإن حدث ما تقول سوف نكتم هذا الأمر إلى الأبد وسنعمل على أن يأخذ سكستوس جزاؤه، فقط اهدأ ونم الآن فأنا بجانبك وسأظل بجانبك"

استسلم إترليموس لنوم عميق بعد انهياره بين يدي آلبا،

فقامت بهدوء وخرجت من الحجرة لتجد تبتوس يجلس على الأرض فأشارت إليه ليتبعها في صمت، فتوجها نحو حديقة المنزل الخلفية ووجه تبتوس يحمل الكثير من الأسئلة: "ماذا حدث لسيدي، كيف هو؟"

"هو بخير، اسمعني جيداً تبتوس..."

قصت آلبا على تبتوس ما حدث في منزل كولاتينوس بطريقة مختلفة فلم تذكر له ما فعله إترليموس، فطلبت من تبتوس أن يستطلع أمر سكستوس وكيف أنه كان ثملاً وتركوه نائما في منزل كولاتينوس وحده وفي وجود لوكريتيا، وأن إترليموس ليس مطمئناً لوجوده هناك.

"أريدك أن ترسل أحد العبيد إلى منزل كولاتينوس في كولاتيا ويسأل عبيد لوكريتيا عن أي شيء قد حدث هناك، أن لا يغفل أي معلومة تقال له"

"حسناً، لكن سيدي إترليموس ترك أحد العبيد هناك ولم أرهُ معه عند عودته"

"ابحث عنه، أين هو؟..."

في هذه اللحظة دخل عليهما ذلك العبد محاولاً التقاط أنفاسه فسقط على ركبتيه وهو يتحدث بكلمات غير مفهومة حتى استجمع أنفاسه قائلاً: "لقد غدرها، لقد...، اغتصبها...، لقد تركتهم حولها وهي تصرخ وتمزق ثيابها!"

وما إن سمعت آلبا ما قاله العبد حتى وضعت رأسها بين يديها، وتبتوس ينظر لكليهما لا يفهم ما يدور حوله، وبعد لحظات، رفعت رأسها: "من تقصد؟، تكلم"

"القائد سكستوس اغتصب سيدتي لوكريتيا"

"هل ما تقول الحقيقة، لعلك..."

لينفجر العبد بعفوية مأساوية: "لقد كنت هناك بينهم مع

140

باقي عبيدها في حجرتها وأمامها، أين سيدي إترليموس لأبلغه"

نهضت آلبا وتوجهت نحوه فقالت له بحزم: "لن تتحدث عن ذلك لأحد، ولا حتى لسيدك إترليموس، أفهمت؟"
نظر العبد نحو تبتوس وكأنه ينتظر منه رداً يعارض ما أمرت به آلبا، فجاء رد تبتوس صارماً فقال له: "نفذ ما أمرتك به"، ثم أمره بالانصراف.
"هل هذا ما كان سيدي ينتظره أن يحدث؟"
"نعم، وقد حدث"
نظر كل من آلبا وتبتوس إلى بعضهما نظرة طويلة، يفكرون كيف سينقلون هذه الكارثة لإترليموس، خصوصاً آلبا التي باتت تعلم ما فعله إترليموس.

بعد لحظات من الصمت يسترعي انتباههما صوت بروتس من داخل فناء المنزل وهو ينادي على إترليموس بأعلى صوته فور وصوله من رحلة دلفي.
توجها كل من آلبا وتبتوس مسرعين إلى الداخل، ليجدوا بروتس وقد وقف في البهو وما أن رآهما ونظر في وجهيهما وقد علاهما علامات الصدمة: "ماذا بكما؟... لم أنتما واجمين هكذا؟، أين سيدكما؟ تبتوس ما بك؟ ومن هذه؟"
"هذه آلبا سيدي، هي فتاة سيدي إترليموس"
توجه بروتس نحو إحدى المقاعد وخلفه آلبا وتبتوس:
"أين هو سيدك؟"
"نائم يا سيدي"
"إلى هذا الوقت؟! اذهب فأيقظه وأبلغه أنني في انتظاره، وأحضر لي بعض النبيذ والطعام"

141

"حسناً سيدي"

"انتظر... لم تقولا لي ما خطبكما، هل حدث شيء في غيابي؟"

نظر تبتوس نحو آلبا مرتبكاً، فبادرته قائلة: "اذهب أنت تبتوس وأحضر ما أمرك به القائد بروتس"

جلست آلبا أمام بروتس، فقال: "لم أعلم أن لإترليموس فتاة خاصة!"

"سيدي إترليموس خصني بهذا الشرف دوناً عن باقي النساء يا سيدي"

"حسناً، ماذا هناك؟، أكاد أرى شيئاً ما في وجهك أنت وتبتوس"

"سأقول لك سيدي ما جرى، فقط كوني أعلم شدة قربك لسيدي إترليموس ومدى ثقته فيك فأنت أعز صديقٍ له"

"تحدثي"

سردت آلبا لبروتس القصة كاملة وما حدث في كولاتيا وما أخبرهم به العبد مما فعله سكستوس بلوكريتيا، وبعد سماع بروتس ما حدث حاول أن يتمالك أعصابه قدر المستطاع لكنه فشل في ذلك فظهرت على وجهه أثار الصدمة، فأخذ يكرر على آلبا أن تعيد عليه القصة، ويسألها في كل مرة أن تؤكد ما قالت.

"كل هذا حدث ويجد الوقت للنوم!"

"لا يا سيدي هو لا يعلم بعد بما فعله سكستوس، لقد أتى سيدي إترليموس إلى المنزل وهو في حالة سيئة للغاية، ولا أعرف كيف سأبلغه ذلك"

يظهر إترليموس فجأة فيقطع عليهما حديثهما ومن خلفه تبتوس حاملاً النبيذ والطعام لبروتس، فيرى إترليموس

بروتس جالساً مع آلبا، فيبتسم لرؤية صديقه وعودته من دلفي سالماً، فينهض بروتس فيقبل عليه إترليموس محتضناً فيجلسان معاً، فيأمر إترليموس كل من آلبا وتبتوس بأن ينصرفا.
فيستشعر إترليموس في وجه بروتس أن هناك خطباً ما:
"كيف كانت رحلتك لدلفي؟ وماذا قالت العرّافة؟ أخبرني بكل التفاصيل"
و ببلاهة بروتس المعهودة وكأنه لا يعلم شيئاً: "قبل أن أخبرك بأي شيء، حدثني أنت أولاً كيف كانت ليلة احتفائك بسكستوس"
طأطأ إترليموس رأسه وكأن بروتس أيقظه من حلم ليزج به في أعماق كابوس أسود، فسحب من أمامه كوباً من النبيذ وتجرعه دفعة واحده، وبروتس ينظر لوجهه الذي علاه الغضب الشديد وبدا مختلفاً عن ذلك الشخص المنهار الضعيف عندما اعترف لآلبا بما قام به، ليصبح أكثر تماسكاً وغلظة، فنهض من مكانه وهو يقول: "سكستوس يستمد طغيانه من أبيه، ألم تسمع بكل ما يدور في روما عن مجلس الشيوخ وكيف أصبح بالكامل تحت يد تاركوينيوس، فلم يعد للشيوخ كلمة ولا قرار ولا حتى اقتراح، لقد نصب نفسه القاضي المطلق، فأصبح يحكم في كل القضايا ويقرر العقوبات بنفسه ويعفو عن اللصوص والمجرمين ولا يعاقب الفاسدين، بل ويؤيد أفعالهم، فقط لأنهم من عشيرته..."
يقاطعه بروتس وقد بدا عليه عدم فهم ما يقوله إترليموس، فقد كان يتحدث وكأنه يتحدث مع نفسه: "انتظر...، عماذا تتحدث إترليموس، ليس هذا ما سألتك عنه!"

لم يكترث إترليموس لمقاطعة بروتس له واستمر يكمل حديثه الغريب، وهو يدور في أرجاء المكان: "أصبح شعب روما أكثر فقراً فهم لا يجدون عملاً بعد أن أغرق الملك روما بالعبيد، حتى جنود جيش روما العظيم جعلهم يعملون في أحقر المهن فها هم يحفرون مجاري الماء ومجاري الحمامات القذرة، لقد بث الرعب في قلوب الناس فما من أحد يُشك في ولائه له إلا قتله أو زج به في السجن ليعذب دون محاكمة، لقد نشر الفساد في روما حتى أصبح مهنة عائلته وأقربائه وبطانته، سمح لهم بالاستيلاء على أراضي الفلاحين فاغتصبوها وطوقوها ظلماً وعدواناً ليقدمها لأبنائه وحاشيته وشيوخ مجلسه الفاسدين..."

ينظر بروتس لإترليموس باستغراب شديد، فلم يرهُ بهذه الحالة من قبل فهو يتكلم بانفعال واضطراب شديد في أمور الدولة والسياسة، تارة يضحك وتارة يصرخ ويشير بيديه في كل اتجاه، وبروتس يتساءل بينه وبين نفسه "هل جن إترليموس؟"، ولم يتوقف إترليموس بل استمر في حديثه الغريب، ليقترب من وجه بروتس: "هاهو سكستوس يقترب من عرش روما ليمد طريق الشر، أكاد أراه وهو يسوق شعب روما أمامه كالخراف نحو هاوية الجحيم، أم أنك تظن أن سكستوس سيدع أحد إخوته الحمقى يعتلي عرش روما بعد تاركوينيوس لمجرد أنك ذهبت بهم لعرافات دلفي؟! سيقتلهم وسيقتلك وسيقتل كل من يقف في وجهه، حتى لو تنبأت عرّافة دلفي بعكس ذلك!

قاطعه بروتس بشدة هذه المرة: "اسمع إترليموس أنا لا أعرف سبباً لحديثك هذا وبهذا الانفعال، فأنا لم أسألك

عن تاركوينيوس والفساد والظلم، بالرغم من أن كل ما ذكرته كنت محقاً فيه، لكنني سألتك عن ما دار في منزلك في وجود سكستوس، وردي على حديثك الغريب هذا هو أننا لا نقوى على مواجهة تاركوينيوس، على الأقل ليس الآن، فهو يزداد قوة يوما بعد يوم، خصوصاً بحلفائه فهم في ازدياد، وإن كان علينا مواجهته ومن معه، فلابد أن تسقط الآلهة في أيدينا معجزة، فأنا لا أرى مخرجاً من هذا النفق، حتى وإن كان بجانبنا مجلس الشيوخ كله"

احتد إترليموس على بروتس: "أجننت؟ مجلس الشيوخ هذا المجلس ما هو إلا دمية خشبية في يد تاركوينيوس يتلاعب بها كيف يشاء، لقد بث في قلوبهم الرعب وجعلهم يتجسسون على بعضهم البعض، فأخذوا يلفقون لبعضهم التهم ويشون ببعضهم أمامه ليتقربوا منه، فلن تجد بينهم من يثق في الآخر، هم متفرقون وبهذا أضعف تاركوينيوس مجلسك العظيم، إلا قليل القليل الذين لابد أن طفح بهم الكيل أمثال فلافيوس، وهؤلاء علينا جذبهم إلى داخل قضيتنا"

"انتبه إترليموس فهذه خطوة محفوفة بالمخاطر وعاقبتها الموت المؤلم، فالطغاة لهم طرقهم في تجنب العواقب، وكل شيء مباح عندهم عندما يتعلق الأمر بعروشهم"

يتجه إترليموس بتوتر ظاهر عليه نحو المائدة ويلتقط بين أصابعه حبة عنب يقلبها أمام وجه بروتس: "لوكريتيا"

رد بروتس بتعجب مفتعل: "لوكريتيا! هل نحن نناقش أمر لوكريتيا الآن!"

فما كان من إترليموس إلا أن قبض بيده قبضة قوية على حبة العنب فسال ماؤها من بين أصابعه: "لوكريتيا هي

الحل"

ضحك بروتس ضحكة ساخرة وهو يهم بابتلاع بعض النبيذ، لملم إترليموس ملابسه فجلس بجانب بروتس ووضع يده على كتفه: "هذا ما فعلته بروتس في كولاتيا، وصببته في أذن سكستوس لأنقذ روما"

ليعقب اعترافه هذا بضحكات هستيرية: "لقد قدمت لوكريتيا قرباناً للآلهة حتى تخلص روما من شقائها، لقد ضحيت بفرد من أجل شعب... ماذا؟ لما أنت مندهش؟ من الواضح أن تمثيلك تلك الشخصية البلهاء في بلاط تاركوينيوس أصبحت تتملكك أكثر حتى أصبحت جزءاً منك"

وبهدوء رد بروتس: "هون عليك إترليموس، فقط أخبرني ما حدث"

صرخ إترليموس بانفعال شديد: "أحضروا كيلويليا"

لتأتي كيلويليا وقد غُطي وجهها ولف جسدها بالكامل، فوقفت أمامهما، فأمرها إترليموس بأن تكشف عن جسدها، فأزاحت ما عليها لتقف عارية بجسد لم يخلُ جزء فيه من الكدمات والجروح الغائرة والتي تناثرت على وجهها الذي كان يشع بهاءً يوماً ما، وقد نهشت حلمات ثدييها وانتزعتا من مكانها، كيلويليا أصبحت امرأة مشوهة.

ينظر إترليموس في وجه بروتس وهو يشير إلى كيلويليا: "هذا ما حدث بروتس، ما تراه أمامك يحكي القصة كاملة، لقد افترسها أحد جنود سكستوس وبأمر منه، ذلك الحيوان القذر"

أشاح بروتس بوجهه عن كيلويليا، ليقول لإترليموس

بامتعاض وحسرة : "دعها تذهب إترليموس، دعها تذهب"

يشير إترليموس لأحد عبيده بأن يعيد كيلويليا إلى حجرتها، وأمره بأن يستمر في وضع المراهم على جسدها.

ليقصص إترليموس على بروتس وبالتفصيل كل ما حدث في منزل كولاتينوس وقسمه بأن يقوم بتحريض سكستوس على لوكريتيا، وخطته التي نفذها سكستوس بمساعدته، وبروتس منصت له لم يقاطعه في كلمة واحدة، حتى أن قال إترليموس: "وإن لم يفعلها سكستوس، سأستمر في تحريضه ما حييت، وأنني لأعلم يقيناً بأن سكستوس قد نفذ ما قلته له"

وهنا رد بروتس: "قد فعلها إترليموس، قد فعلها"

اندهش إترليموس من رد بروتس: "ماذا؟! ماذا تقول؟ كيف علمت بذلك، ومن أخبرك؟"

"أخبرتني آلبا"

"آلبا! ولماذا لم تخبرني، وكيف علمت هي بالأمر..."

"اهدأ... فآلبا خافت أن تخبرك بما نقله لها عبدك الذي تركته في منزل كولاتينوس، الذي أخبرهم باغتصاب سكستوس للوكريتيا"

انفعل إترليموس وألقى بالأكواب والأطباق من أمامه وأخذ يصيح، وبروتس ممسك به محاولاً تهدئته مستغرباً ومتعجباً من تقلبات ردود فعله، فمن الواضح أن إترليموس يعاني صراعاً داخليا عنيفاً بين استقباح فعلته ومبرراتها، لينهار على المقعد باكياً، وكانا كل من آلبا وتبتوس يقفان من بعيد ينظران لإترليموس وقد غمرهما

الحزن والأسى على سيدهما.
أحضر بروتس أحد الأكواب الملقاة على الأرض وأفرغ فيه بعض النبيذ وقدمه لإترليموس: "اهدأ وأصغِ لما سأقوله لك جيداً، أليس هذا ما أردته وخططت له؟، أنت لم تحرض سكستوس على شيء، فسكستوس ليس بحاجة من يحرضه على فعل أي شيء يحمل إجراماً أو فساداً! فهو قد أشرب الفسوق والفجور، بتحريض أو دون تحريض، سكستوس كان سيقوم بفعلته هذه بك أو دونك إترليموس"

بدا بعض الهدوء على إترليموس بعد سماع كلمات بروتس التي أطفأت داخله بعض اللوم وجلد الذات، وبصوت متهدج حزين وهو يهز كتفي بروتس: "أخبرني ماذا فعل هذا الفاسق، ماذا فعل بلوكريتيا؟... أخبرني"
"لقد قام باغتصابها، وهذه نهاية القصة بالنسبة له، ولن تكون نهاية القصة بالنسبة لنا..."
صاح إترليموس في وجه بروتس: "ماذا تقصد؟ لقد اغتصب امرأة شريفة طيبة، لقد اغتصب زوجة قريبه، اغتصب زوجة كولاتينوس"
يستمر بروتس في تهدئة إترليموس محاولاً امتصاص ثوراته واضطراباته المتقلبة والمفاجئة: "أنصت إلي إترليموس، ما فعله سكستوس يصب في مصلحتنا، أقصد في مصلحة روما وكما خططت أنت لذلك، ألم تقل: (أن لوكريتيا هي قربان للآلهة لخلاص روما)؟ ما قمت به إترليموس لم يكن كما تعتقد انتقاماً لكيلوليليا فقط، بل أيضاً لعائلتك ولنفسك ولشعب روما، وبكل تأكيد

سيكون انتقاماً لشرف لوكريتيا، فأنا أعلم ذلك وأعرف أسبابك وأنت قد أوجدت الفرصة التي ننتظرها منذ زمن للتخلص من تاركوينيوس وعائلته إلى الأبد، لقد قبلت الآلهة قربانك إترليموس وها هي تضع بين أيدينا تلك المعجزة التي سوف تخلصنا من الطاغية، الانتقام عزيزي إترليموس هو أحد وجوه العدالة، أنت لم تجبر سكستوس على اغتصاب لوكريتيا، فالجميع يعرف رذائله وفسوقه، اسمعني إترليموس، سنقلب ما فعله سكستوس لصالح روما وشعبها المستضعف، كل ما علينا فعله هو الاهتمام بأصغر التفاصيل وإتمام خطة الخلاص حتى النهاية"

يمسح إترليموس وجهه بطرف ثوبه، وينظر نحو إحدى النوافذ يقلب كلمات بروتس في رأسه التي من الواضح قد أعطته مبرراً ودافعاً قويين يدمغ بهما أصوات ضميره كلما انبثقت في رأسه.

يقطع تبتوس على إترليموس خلوته مع عقله: "سيدي" وبانفعال شديد: "ماذا تريد؟ ألا ترانا نتحدث!"

"عذراً سيدي، هناك جندي بالباب يريد سيدي بروتس"

نظر بروتس إلى تبتوس مستغرباً، فلا أحد يعلم أنه في منزل إترليموس: "دعه يدخل"

دخل الجندي عليهما ملقياً التحية: "عذراً أيها القائد بروتس، فلقد بحثت عنك في كل مكان حتى لم يبقَ لي إلا منزل السيد إترليموس"

فبادره بروتس: "ماذا لديك أيها الجندي؟"

"سيدي..."

"تكلم، ماذا هناك"

"أرسلني سيدي سبوريوس لاكريتيوس ترشيبيتينوس والقائد لوسيوس كولاتينوس، في طلبكما سيدي"

"ترشيبيتينوس!، ماذا يريد؟"

"ليس لدي علم بذلك سيدي"

"حسناً، اذهب وسوف نأتيه لاحقاً"

عذراً، سيدي لا أستطيع العودة إلا بمعيتكما، تلك كانت أوامر سيدي ترشيبيتينوس وسيدي كولاتينوس"

نظر كل من بروتس وإترليموس لبعضهما مندهشين، يتحدثان داخل عقول بعضهما، "ماذا يريد ترشيبيتينوس والد لوكريتيا منّا؟! هل علم والدها وكولاتينوس بما فعله سكستوس بها؟"

نهض كل من بروتس وإترليموس مسرعين ودفعا الجندي أمامهما وهما يتبعانه.

الفصل الخامس

عندما يكون الفساد حقيقة تصبح الثورة واجبة

أثناء طريقهما نحو منزل ترشيبيتينوس لاحظا شيئاً غريباً يحدث في شوارع روما، فالناس يركضون من حولهما متجهين نحو ساحة مجلس الشيوخ، فأمسك بروتس بأحد المارة: "ماذا هناك لماذا يركض الجميع؟"

"ألم تسمع!... لوكريتيا زوجة القائد كولاتينوس تقف في ساحة مجلس الشيوخ تصرخ منادية على روما كلها"

نظر بروتس نحو إترليموس ليجده واضعاً يديه فوق رأسه، فيدفعه بروتس أمامه: "سنذهب إلى ساحة مجلس الشيوخ لنرى ما يحدث، كل ما عليك فعله هو أن تبقى صامتاً"

وما إن وصلا حتى وجدوا حشداً كبيراً من الناس وقد التفوا حول لوكريتيا التي كانت تقف على درج مجلس الشيوخ وبجانبها والدها ترشيبيتينوس وزوجها كولاتينوس وخلفها مجموعة من الشيوخ، ليترك بروتس إترليموس وأسرع نحوهم يشق صفوف الجموع حتى وقف بجانب كولاتينوس: "ما الأمر كولاتينوس؟ ماذا يحدث؟"

"أرسلت لوكريتيا في طلبي ووالدها بأن نلقاها هنا فوجدناها تقف بين الناس تصرخ منادية على روما"

"ماذا تريد؟ ولماذا لم تنزلها؟"

"لا أعلم بروتس!، فهي لم تخبرنا بشيء، حاولنا أن نخرجها من هنا فأبت، حتى والدها لم تصغِ لتوسلاته"

وهنا بدأت لوكريتيا تتحدث بصوت مرتفع إلى الجموع الذين

لا يزالوا يأتون من كل الطرق يتجمعون في الساحة حتى خلت كل منازل روما من أهلها.

"يا شعب روما العظيم، ماذا أنتم فاعلون برجل فاسق أهان امرأة رومانية من الحرائر وألحق بها العار والخزي باستباحة عفتها وانتهاك جسدها وتلويث شرفها وهي في بيتها؟"

ضجت الساحة بأصوات الاستهجان واستنكار العامة مما قالت لوكريتيا، وبدا على وجه كولاتينوس وترشيبيتينوس الدهشة وعدم الفهم، لكن بروتس يعلم ما تعنيه لوكريتيا، لكنه آثر تمثيل دور المندهش معهم، في هذه اللحظة يميل والد لوكريتيا نحوها ممسكا بذراعها بقوة ويهمس في أذنها: "لوكريتيا، ماهذا الذي تقولينه؟ عماذا تتحدثين؟! توقفي الآن وإلا أمرت الجنود بإنزالك وتقييدك"

تدفع لوكريتيا بيد والدها لتكمل ما بدأته: "ماذا ستفعلون عندما تعرفون أن تلك المرأة الحرة التي اغتصبت في بيتها وعلى فراش زوجها هي أنا..."

وهنا علت صيحات الناس الغاضبة وشهقات المذعورين غير مصدقين ما يسمعون، وهنا يتدخل كل من والدها وزوجها ويقفان أمامها لمنعها من إكمال حديثها، فتدفعهما من أمامها ليراها الناس، فتخرج فجأة خنجراً كانت خبأته داخل ملابسها، فيبتعد كولاتيونس ويقترب منها ترشيبيتينوس قائلاً: "ابنتي لوكريتيا اهدئي ودعينا نذهب إلى المنزل واحكي لي ما حدث، وأقسم لكِ أنني سوف أنتقم لك ولشرف عائلتنا من هذا الفاجر أياً كان"

وضعت لوكريتيا كف يدها على وجه أبيها مبتسمة ابتسامة حزينة، تنظر في عينيه اللتان ملأهما العطف والحنان والخوف عليها، ليقطع عليهما أصوات وصيحات الناس ويُرى بريق أعينهم ما إن رأوا الخنجر في يد لوكريتيا، فتزيح أباها بهدوء من أمامها.
"ماذا أنتم فاعلون بهذا الداعر عندما تعرفون أنه سكستوس ابن الملك وأحد أقرباء زوجي؟ سأقدم لكم الدليل على صدق قولي وسأترك لكم ثأري"

فتمسك لوكريتيا الخنجر بكلتا يديها وترفعه فوق رأسها وتهوي به نحو قلبها لتغرسه بقوة ألمها وضعف حيلتها، أمام أنظار الجميع، وكأنه ختم الصدق على أقوالها، فتسقط مضرجة بدمائها النقية التي صبغت درجات الرخام الأبيض بحمرة داكنة أظلمت كل شيء في ذلك النهار.
وعلى مقربة من هذا المشهد المروع يسقط إترليموس أرضاً بين الناس فجأة من هول ما رأى ونتيجة لما فعل، فها هي خطته تتجسد أمامه في جثة لوكريتيا، ليصرخ ويصيح كالمعذبين لكن لم يسمعه أحد فالجميع يصرخ ويصيح، وشتان بين من يصرخ غضباً ومن يصرخ ندماً.

كانت الصدمة قوية على كولاتيونس وترشيبيتينوس فسقطا على جسد لوكريتيا محاولين إنعاشها وإيقاف النزف وبينهما بروتس الذي أخذ يحدق في عيني لوكريتيا، لتهمس قائلة بأنفاس ضعيفة متقطعة: "اثأروا لعفتي وشرفي"

لفظت لوكريتيا آخر أنفاسها بتلك الكلمات الخافتة لتضرب آذانهم بكل قوة.

لم يترك بروتس هذه اللحظة لتفوته وأمامه كل هذا الحشد من شعب روما، فالتقط خنجر لوكريتيا وهو لايزال يقطر بدمها، فرفعه عالياً ليراه الناس فصاح فيهم: "بهذا الدم الشريف أمامكم وأمام جوبيتور العظيم -أقسم- والآلهة شهودي على أن أثأر للوكريتيا وأقتص لها من سكستوس اللعين، وسنحاكم بكل ما آتانا جوبيتور من قوة لوسيوس تاركوينيوس وزوجته الفاسقة وكل أفراد بيته الملعون بالسيف والنار، وبأي وسيلة كانت انتقاماً لهذا الجسد الطاهر ولكل من ظُلم وعانى من استبدادهم من شعب روما العظيم"

وقع قسم بروتس في قلوب الناس في تلك اللحظة بقوة فنظروا له على أنه الوحيد الذي يستطيع انتشالهم من مستنقع الطغيان، فقد حانت الفرصة التي ينتظرونها منذ زمن بعيد ليقفوا بجانب مخلصهم، لكن من يعرفون بروتس كانوا مندهشين من كلماته تلك فلأول مرة يرونه فيها بهذه الشجاعة والإصرار في مواجهة الملك وعائلته، وهو المعروف عنه ولاؤه وصمته المستمر على أفعال بيت الملك المخزية، لكن جسامة وفظاعة الحدث حولت الأنظار عنه ممارساته السلبية السابقة.

في هذه الأثناء تدهم المكان كتيبة من جنود الحرس الخاص

تحت إمرة بروتس فيشير لقائدهم فيتجه نحوه: "احرص على غلق بوابات روما فوراً وعدم خروج أو دخول أحد إليها، وقم بطلب التعزيزات لمحاصرة وتطويق قصر الملك ومجلس الشيوخ، وراقب منازل من لا يزال ولاؤهم للقصر"

"أمرك سيدي"

فالحرس وأغلب الجيش قد ضاقوا ذرعاً بأفعال الملك وأبنائه فلم يُهن جيش روما على مدار تاريخه بقدر ما أهين في عهد الملك، فأصبح مطلب إزاحته مشتركاً، فلابد من إسقاط الملك، لكن الملك تاركوينيوس كان بعيداً عن كل هذه الأحداث فقد كان خارج روما مع بعض من جيشه يحاصرون عاصمة (روتولي - أرديا)، فلم يكن هو ومن معه على علم بما يحدث داخل روما.

تعلوا صيحات الناس مرددين: "الموت لتاركوين، الموت لسكستوس، الموت لتوليا..." مؤججين اللحظة يريدون الذهاب إلى قصر الملك وقتل من فيه فقد تحول انتحار لوكريتيا إلى ثورة ثأر سرعان ما انتشرت بين الناس، فيعود بروتس يخاطبهم لتهدئتهم: "لن نقتل في الظلام، سنأتي بهم هنا وأمامكم لتشهدوا عدالة جوبيتور فيهم، ومن هذه اللحظة سيتولى مجلس الشيوخ إدارة شؤون روما، وسوف نقف معهم جميعاً إلى أن نتخلص من الطاغية تاركوينيوس وذريته"

فترتفع هتافات الناس: "بروتس... بروتس، بروتس"

وهنا يصبح الأمر أكثر وضوحاً للسياسيين وشيوخ المجلس

عبدالعزيز حمزة

الحاضرين، بأن بروتس قد صنع لنفسه مكاناً صلباً لا
يتزعزع في قلوب العامة، فالمصلحة الآن تقتضي الوقوف
بجانبه وعدم معارضة إرادته أو إرادة الشعب التي أصبحت
في يد بروتس.

يظهر قائد كتيبة الحرس الخاص مهرولاً نحو بروتس ليبلغه
بفرار آرونس ابن الملك: "سيدي لقد استطاع آرونس الفرار
خارج أسوار روما، لكننا تمكنا من قتل بعض من كان معه
من العبيد"

"بعض العبيد... ماذا عن زوجة تاركوينيوس توليا؟"
"لم نستطيع احتجازها فقد غافلتنا وفرت بعربتها، وهي تتجه
إلى هنا الآن، وقد تم احتجاز كل من سكستوس وتيتوس في
قبو القصر ووضعت عليهما أقوى الجنود"
"لن يهرب آرونس بعيداً، سيتوجه إلى أبيه في أرديا ليخبره
بما يحدث هنا، وسيبدأ تاركوينيوس بجمع حلفائه من
الإتروسكان وقبائل اللاتين حوله ليستعيد ملكه، عندها
سنكون جاهزين لهم، أبلغ قادة الفيالق بأن يكونوا على
استعداد، أما توليا فهؤلاء كفيلين بها" وهو يشير لجموع
الناس.
"حسناً سيدي"

وخلال لحظات تظهر توليا زوجة الملك تاركوينيوس على
عربتها شاقة بها المحتشدين في الساحة فسحبت لجام
حصانها بشدة، فتقف عربتها في وسط الجموع من الناس،

158

وهي تصيح فيهم بكل غرور وكبرياء، تضرب بسوطها كل من يقترب منها: "أيها الرعاع الأنجاس ناكري المعروف، أتحسبون أنكم ستقفون في وجه ملككم الأوحد ولي نعمكم؟! ما أنتم إلا تابعين لنا كالعبيد والبهائم، سنحرقكم سنذبحكم ونعلق رؤوسكم على الرماح في كل طرقات روما سنرفع الصلبان وعليها أجساد نسائكم وأطفالكم سنروي أرض روما بدمائكم..." وهنا تنتبه لوجود بروتس واقفاً وهو ينظر إليها فترمقه بنظرة ساخرة: "آه... ها هو بروتس مدعي البلاهة عدو القصر الأول، كان علي أن أعلم أنك وراء تهييج هؤلاء الرعاع السفلة. كم نصحت تاركوين بأن يقضي عليك ويزيح عائلتك بالكامل من الوجود، لكنه لم يسمع لي..."

يقاطعها بروتس من مكانه ساخراً: "أيتها الشريرة المعتوهة، انظري أين أنت ومن حولك، كل هؤلاء يرغبون في تمزيق روحك المسمومة بأيديهم قبل جسدك"

وقبل أن تنطق بكلمة واحدة، يصيح فيها بروتس بصوت مجلجل مدوي: "أيتها الفاجرة اركعي وواجهي مصيرك المحتوم، فهذه روما"

وكأنها إشارة منه للناس بأن يأخذوا ثأرهم منها، فتحلقوا حول عربتها وجذبوها فطرحوها أرضاً ونزعوا عنها ثيابها فانهالوا عليها ضرباً وركلاً، فصاح فيهم بروتس: "توقفوا" ابتعد الناس عنها، فسار نحوها وهي تحاول النهوض فوقفت عارية مترنحة وقد سالت الدماء من وجهها وجسدها، تمسح بيدها دماءها، فتنظر في وجه بروتس بكل خيلاء وأنفة،

كأفعى ترفع رأسها بكبرياء، فيضمها هامساً في أذنها: "من أجل أخي"، فيغمد سيفه في أحشائها فيشق بطنها من الأسفل إلى أعلى صدرها، ثم يسحب سيفه بعنف ويمسحه في شعرها، فتنهار توليا بين ذراعيه، وبلسان ثقيل وفم امتلأ بالدماء قالت: "لا يمكنك لوم الأفعى على حملها السم"، فيدفعها بعيداً عنه لتسقط أرضاً وجسدها كله يرتجف وقد برزت أمعاؤها حتى فارقت الحياة، في مشهد بشع، فتعالت الهتافات: "بروتس.. بروتس.. بروتس"

وبالتخلص من توليا كأول من أعدم من عائلة تاركوينيوس، أيقن الناس أنهم ومن هذه اللحظة قد أشعلوا الثورة في روما، لتصبح واقعاً مفروضاً، لا يمكن التراجع عنه حتى وإن أرادوا ذلك.

فيحمل جسد لوكريتيا على أكتاف الناس نحو منزل والدها، ويصنع لها في تلك الليلة قداساً مهيباً داخل معبد جوبيتر وكأنهم يشيعون أحد الآلهة نحو السماء، فقد أصبحت لوكريتيا رمزاً مقدساً لروما وواحدة من آلهتها.

وأثناء مراسم التأبين يتفق بروتس مع بعض كبار مجلس الشيوخ بأن يجتمعوا في بيت إترليموس بعد الانتهاء ويطلب من كولاتينوس بأن يؤكد على الآخرين من قادة الفيالق الحضور ويذكره باختيار ذوي الولاء فقط.

"ويح إترليموس وما فعله، اللعنة على إترليموس..." بهذه الكلمات أخذ إترليموس يكررها وهو بين يدي آلبا في منزله، وهي تحاول جاهدة تهدِئته وإقناعه بأن لا يلوم نفسه لكن دون

فائدة.

يدخل تبتوس وهو يتصبب عرقاً فزعاً فيبادره إترليموس بغضب: "أين فلافيوس؟ لماذا لم تحضره معك كما أمرتك؟! أنا في حاجته الآن أكثر من أي وقت مضى"

"سيدي... سيدي"

وبغضب شديد غير معهود: "تكلم أيها العبد الغبي"

"وُجد سيدي فلافيوس مقتولاً في حجرة نومه"

أسقط في يد إترليموس فها هي مصيبة أخرى تنهال على رأسه فيشعر وكأن العالم تخلى عنه فجأة، فيبعثر ما في المكان ويقذف بالأشياء في كل اتجاه، ويتوجه نحو تبتوس وينهال عليه صفعاً وركلاً... :"قتلوا أبي، قتلوا صديقي، قتلوه بدم بارد، قتله سكستوس، سوف أقتلهم جميعاً وسأقتل كل من يقف في طريقي، سأقتلهم جميعاً"

"حسب إفادة عبد سيدي فلافيوس، زاره الليلة الماضية في وقت متأخر من الليل أحد جنود الحرس الخاص، وطلب مقابلته على انفراد، إلا عبده هذا الذي وقف خلف الباب..."

"ماذا رأى تكلم..."

"كان الجندي يهدد سيدي فلافيوس بأن الملك وسكستوس وكولاتينوس يعلمون أنه يحرك ثورة شعبية في روما ضد الملك، وأنه يحمل رسالة من الملك له وأثناء قراءته للرسالة سحب الجندي سيفه وحز به عنق سيدي فلافيوس وخرج مسرعاً معتقداً أن لم يرهُ أحد، هذا ما قاله لي عبد سيدي فلافيوس"

"كولاتينوس.. كولاتينوس، التاركويني الخائن..." يعلوا

161

صوت إترليموس ويزيد وجهه احمراراً من شدة الغضب فيقلب الطاولة التي أمامه مطلقاً صرخة قوية: "آآآه، سوف أقتله بيدي هاتين سوف أقتلع عينيه سأنزع وجهه بأظافري..."

ابتعدت آلبا وتبتوس عنه فهو في حالة هياج شديدة ولا يمكن لأحد السيطرة عليه، مع ذلك لم تستطع آلبا تركه بهذا الشكل فهو لم يعد إترليموس الذي تعرفه فتخطوا نحوه بحذر فيمسكها تبتوس خوفاً عليها لكن حبها لإترليموس أقوى من خوفها منه، فتبعد يد تبتوس عنها وتتقدم: "إترليموس سيدي الحبيب، لابد أن تهدأ حتى تستطيع التفكير، فأنا وتبتوس وكل من في بيتك جميعنا معك إلى آخر الطريق وسنفعل ما تأمرنا به"

وبصوت اختلط بعبرات البكاء: "لقد قتلوا فلافيوس... أنقى وأصدق من في روما، فلافيوس الذي قبلني وحماني في الوقت الذي نبذني وتخلى عني فيه الجميع خوفاً من تاركوينيوس بعد قتله عائلتي وحرقهم أحياء، سأقتلهم جميعاً، سأنتقم حتى من ذريتهم، فليس لدي ما أخسره الآن"

لتجيبه آلبا بكل ثقة: "و أنا معك"

ويجيبه تبتوس الوفي: "و أنا معك سيدي"

فتظهر كيلويليا من خلف أحد الأعمدة التي خرجت على صياح إترليموس وهي تتكئ على أحد العبيد متحاملة على نفسها وبصوت ضعيف: "وأنا معك سيدي"

فيلتف كل من في المنزل حول إترليموس مرددين واحداً تلو

الآخر: "وأنا معك سيدي"

ينظر إترليموس نحوهم فتسكن ثورته بالتفاف عبيده حوله وما سمعه منهم من ولاء وإخلاص مضحين بأنفسهم ومقدمين أرواحهم فداءً لسيدهم.

"سيدي، هناك جندي بالباب يطلب مقابلتك"

"ألن تنتهي هذه المصائب والكوارث؟ دعه يدخل"

"سيدي إترليموس، سيدي بروتس وجموع من مجلس الشيوخ سيأتون الليلة للاجتماع في منزلك"

"للاجتماع في منزلي، من أخبرك بذلك؟"

"سيدي بروتس، القائد الأعلى"

"القائد الأعلى! أصبح بروتس القائد الأعلى، حسناً، اذهب وأخبره سيتم تجهيز المكان لاستقبال القائد الأعلى وضيوفه"

يردد إترليموس أمام عبيده وهو متجه لحجرته ومن خلفه آلبا: "الليلة ستكون ليلة فاصلة في تاريخ روما"

يحضر بروتس وجمع من مجلس الشيوخ يرافقهم كولاتينوس وترشيبيتينوس والد لوكريتيا وبعض قادة فيالق الجيش المقربين من القائد الأعلى، فيتوسط بروتس الحاضرين على المائدة الكبيرة، ويجلس في مكان قريب منهم إترليموس ليسمع كل كلمة ستقال في هذا الاجتماع، فيبدأ بروتس بقوله: "رفاقي الرومانيين الأوفياء لروما، هذا اليوم سيخلده التاريخ لآلاف السنين، فقد قال الشعب الروماني الأبي كلمته الفاصلة في وجه الطاغية تاركوينوس، وعلينا المضي قدماً لتحقيق العدالة على هذه

الأرض المقدسة فجوبيتور يقودنا نحو النصر ولن نخذله ولن نخذل روما"

بهذه الافتتاحية هيأ بروتس الحاضرين وشحذ هممهم لما سوف يقال بعد ذلك، ليقف فجأة إترليموس وهو يعدل ملابسه وقد بدا عليه الغضب ولبس قناع الخبث المعتاد: "عذراً يا السادة، ماذا يفعل هذا التاركويني الخائن بيننا؟ فطيلة هذه السنوات وهو يتبجح ويفخر بولائه لتاركوينيوس أمامنا، أم أنكم نسيتم أنه يحمل في جسده دماً تاركوينياً قذرا؟!"
فزع الحاضرين من كلام إترليموس، وانتاب بروتس الذعر، فكأن إترليموس يقصده وأنه سوف يقوم بفضح قصة لوكريتيا أمام الجميع، فبلع بروتس غصته بصعوبة قائلاً: "من تقصد بكلامك هذا، انتبه..."
وقبل أن يكمل بروتس جملته، يكشف إترليموس عن من يقصده: "أقصد كولاتينوس"

يتنفس بروتس الصعداء، وينظر وكل من في المكان نحو كولاتينوس الذي اصفر وجهه وألجمته كلمات إترليموس، فرد بتلعثم وتردد: "أنا...، ما هذا الذي تقوله إترليموس فنحن أصدقاء، وأنت تعلم أنني لم أكن مؤيداً لممارسات تاركوينيوس... لقد.. لقد اغتصب سكستوس زوجتي، زوجتي لوكريتيا التي تكن لها احتراماً وتقديراً..."
"بل أنت خائن تاركويني وغد، تجسست في هذا البيت على الكثير ووشيت بهم عند ملكك الفاسد شارب الدماء، وآخرهم

فلافيوس الذي قتل في حجرة نومه على يد أحد جنود سكستوس، قتل الرجل الذي من المفترض أن يكون بينكم الليلة وعلى رأس هذا الاجتماع..."

تعلوا همهمات الاندهاش بين الحاضرين عندما سمعوا أن فلافيوس قد قتل: "قتل فلافيوس؟!"

فيكمل إترليموس حديثه للحاضرين: "هل يقبل الشيوخ الموقرون حماة روما بأن يكون بينهم تاركويني الولاء، واشٍ خبيث كان سبباً في مقتل أخ لكم، فتغتاله يد الغدر في فراشه؟ ها هو يجلس معكم ويسمع مصير روما الذي ستحددوه، تذكروا أنه كان عين وأذن تاركوينيوس عليكم، وما أدراكم لعله لايزال كذلك فملكه لم يمت ولم يقبض عليه"

تعالت الأحاديث الجانبية بين الحاضرين، بتأييدهم ما قاله إترليموس ليوقف هذا اللغط بروتس: "إترليموس ما هذا الذي تقوله فكولاتينوس..." فيقاطعه إترليموس ليقطع عليه أي فرصة للدفاع عن كولاتينوس: "عذراً سيدي القائد الأعلى، فأنا أذكر الجميع بمن هو كولاتينوس ولتكن الكلمة فيه لشيوخ المجلس الموقرين ممثلي شعب روما، فنحن قد تخلصنا من طاغية مستبد حتى نسمع صوت العدل، صوت شيوخ روما وحكمائها، فهم أحق بذلك"

ألجمت كلمات إترليموس بروتس فلم يعد يستطيع أن يدافع عن كولاتينوس أو حتى يحاجج إترليموس، فإظهار نفسه أمام الشيوخ على أنه صاحب سلطة مطلقة، أو كلمة متفردة، ستطيح برأسه دون أن يشعر، فلم يتكبد شعب روما عناء

الإطاحة بطاغية ليصنعوا آخر، أقر الشيوخ الحاضرين واحداً تلو الآخر تأييدهم لإترليموس، فمجلس الشيوخ أيضاً يعمل جاهداً على أن تعود له السلطة بعد تغييبها عنه لسنوات من قبل تاركوينيوس، أسقط في يد بروتس، وحتى لا يقال أنه يقرب كولاتينوس ابن جلدته منه، فتفوح تاركوينية بروتس، يضحى بروتس بكولاتينوس في لحظة وكأنه لم يكن يوماً صديقاً مقرباً: "إن كانت هذه رغبة شيوخ المجلس فليكن ذلك، أيها الجندي اقبض على كولاتينوس وأودعه قبو القصر مع أقربائه"

انتفض كولاتينوس غضباً وظهر الخوف والفزع في عينيه من صدمة ما سمعه من بروتس: "بروتس ماذا تفعل بروتس؟ أنا كولاتينوس صديقك الحميم، نحن أصدقاء منذ الصغر، أنت تعرفني جيداً دوناً عن أي أحد، كيف تصدق هذا الانتهازي إترليموس، من سيثأر للوكريتيا بروتس، لوكريتيا زوجتي الحبيبة، بروتس أنا ضحية مثلكم..."

ليرد إترليموس ساخراً: "دع لوكريتيا لنا فنحن أحق بدمها الطاهر منك أيها الواشي" وفي لحظة ضعف أمام ضميره كاد إترليموس أن يفضح نفسه ويعترف: "فلوكريتيا كانت ضحية خطة خبيثة من رجل خبيث أعماه الانتقام..."

وهنا يوقفه بروتس بحده قبل يفشي سرهما: "إترليموس هذا يكفي، فقد قالوا الشيوخ كلمتهم في كولاتينوس وانتهى الأمر"

وبهذه الكلمات الحاده صفعت أذان إترليموس فأعادته

لصوابه وأيقظته من لحظة غاب فيها عقله وحضر فيها قلبه. لم يستطع حتى ترشيبيتينوس فعل أي شيء لكولاتينوس وهو يُقتاد مهاناً ذليلاً خارج منزل إترليموس يصرخ باسم بروتس، لكن بروتس لم يعد يسمعه، فما هو مقبل عليه أهم من أن يضيعه في إنقاذ كولاتينوس، ليلتفت كولاتينوس نحو الجميع محاولاً تخليص نفسه من أيدي الجند الممسكين به قائلاً وهو يصرخ في وجوههم: "فقط لا تنسوا أن بروتس ابن أخت تاركوينيوس، وقد نجح في خداعكم بقسمه وهو يقف على جثة لوكريتيا وبكلماته الحماسية، كم أنتم حمقى، لم ولن تكون روما وشعبها يوماً في قلوبكم وضمن اهتماماتكم"

بهذه الكلمات التي قد تكون أصدق ما قاله كولاتينوس في حياته، كانت آخر ما قاله ولم يُرَ بعدها، لكن ما يملكه بروتس ولا يملكه كولاتينوس هو الحرس الخاص والجيش فالجيش هو الأداة التي يهابها الجميع.

ومن هذه اللحظة أصبح الخوف من أن يُتهم أي أحد بولائه للمخلوع تاركوينيوس سيد كل المواقف وواضحاً على وجوه الجميع.

يقف بروتس ويتوجه نحو إترليموس لينفرد به في أحد أروقة المنزل بعيداً عن الآخرين: "هل فقدت عقلك إترليموس! لوهلة كدت أن آمر بقتلك"

"القائد الأعلى يأمر بقتلي! أي فخر هذا..."

"لن تفيدك السخرية إترليموس، أتعلم ماذا سيفعلون بك لو

عرفوا أنك السبب في تحريض سكستوس لاغتصاب لوكريتيا؟"

"أنت تعرف هذه الحقيقة بروتس، وقمت باستغلالها لنفسك"

"ماذا تعني بذلك؟ هذا كلام النبيذ، هل أنت ثمل أم أنك تتمنى الموت؟"

"لن يطهرني سوى الموت، إن الموت لأشرف لي على أن أحيا وعلى جسدي دماء لوكريتيا، لكن كل شيء في حينه بروتس"

"لا تضع في كلماتك تلميحات التهديد، فأنت صديق مقرب لكنني لن أتردد في إيقافك بأي وسيلة كانت عندما يتعلق الأمر بروما"

"روما، روما... نعم النصر لروما، إنها لعنة روما أيها القائد الأعلى، فقط تذكر من أنقذ روما ومن وضعك في هذا المكان، فلولا خطتي ما أصبحت القائد الأعلى يا صديقي المقرب"

"إذن دعنا نبقى كذلك، واعلم أن ما حدث للوكريتيا لا يمكن الإفصاح عنه وإلا سيكون مصيرك كمصير فلافيوس وعلى يد شعب روما"

صدم إترليموس من لهجة التهديد في كلام بروتس، فأجابه باقتضاب وسخرية: "أمرك سيدي القائد الأعلى"

كانت هذه المحادثة بمثابة تحذير قوي من بروتس لإترليموس، فعند السلطة والمصالح تتبدد الصداقات وتذوب كل العلاقات الإنسانية وتنزع الرحمة من القلوب وكأن لم تسكنها قط.

يعود بروتس ليباشر النقاش مع الشيوخ والقادة ليرسموا مستقبل روما الجديد، فيتركهم إترليموس ويعود لحجرته مرسلاً في طلب كل من آلبا وتبتوس، ليجدوه واقفاً أمام النافذة ينظر نحو روما وبيوتها: "روما تحترق، انظروا إلى ألسنة النار وهي تخرج من جسد روما، لن تهدأ هذه الثورة حتى تقضي على الناس وعلى كل جميل عرفت به روما، هل كنت السبب في كل هذا؟ هل أنا من أحرق روما وفجر هذه الفوضى؟"

تخطو آلبا نحوه وتحتضنه من الخلف وبصوتها الدافئ: "أنت كنت أداة العدل إترليموس..."

يستدير إترليموس بصلابة ويقاطعها: "بل أنا الأداة التي قتلت لوكريتيا"

فتجيبه آلبا بهدوء: "حياة واحده مقابل أن يعيش الآلاف، لم يكن هناك طريقة أخرى للتخلص من سكستوس ومن الطاغية تاركوينيوس، إلا بأن يقف شعب روما كله في وجوههم"

"لا، لا، لا أستطيع أن أعيش بهذا الذنب طيلة حياتي، لا أستطيع حمله، لابد لي أن أزيحه وأستسلم لعقاب الآلهة ليطهرني من سوء ما فعلت وليكن ما يكن"

وهنا يتدخل تبتوس خوفاً على سيده: "سيدي ما تقوله سيضع حياتك في خطر، لن يتوانى أحد من الجالسين في الأسفل من العمل على إسكاتك بقتلك، ولن يترددوا في ذلك"

"أعلم، لقد هددني للتو بروتس بذلك وأخبرني إن لم أصمت

سيكون مصيري كمصير فلافيوس... القائد الأعلى،
صديقي يهددني بالقتل، يحسب أنني من جبناء القصر الذي
تربى فيه"

تمسك آلبا بملابس إترليموس وتهزه بقوة: "لن أدعك تقتل
نفسك، وأخسر وجودك في حياتي، لن أدعك تتخلى عني
بهذه السهولة حتى وإن اضطررت لسجنك في هذه الحجرة"
وبابتسامة شاردة على وجه إترليموس: "أعترف بأن حبك
يغمرني، وأعلم أن الآلهة غرسته في أعمق نقطة في قلبي،
ولا شيء في هذا العالم يساوي مقداراً ضئيلاً من هذا الحب
الذي أحمله لكِ، فأنا أكاد أموت واقفاً من مجرد التفكير بأنني
قد أتركك يوماً ما"

"إذن كف عن هذا الهراء والتهور، وهذه الرغبة الانتحارية
التي تتملكك، من أجلي إترليموس من أجلي"

"علمني فلافيوس أن التضحية من أسمى وأطهر الأفعال،
وعلمني أن من يحمل الكره والانتقام كمن يتجرع السم
وينتظر الآخر أن يموت"

"سيدي ما تنوي فعله سيختم مصيرك بالقتل لا محاله، أنت
تعلم أنني عبدك المخلص فإن أمرتني سأضحي بنفسي من
أجلك، سيدي، دعنا نفكر في الأمر لعلنا نجد مخرجاً تنال به
ما أردت وبدون خطر على حياتك"

"لا تبتوس، لا يوجد طريقة أخرى سوى التخلص من
رؤوس الأفاعي، عندها سآخذ معي أكبر عدد ممكن من
هؤلاء السفلة الذين يرقصون في الأسفل حول دماء

لوكريتيا، لن أدعهم يستغلون موتها في الوصول لمصالحهم الشخصية، وعلى رأسهم بروتس الذي أظهر حقيقة نفسه الدنيئة"

يتجه إترليموس نحو باب الحجرة مغادراً فتسأله آلبا:" إلى أين أنت ذاهب الآن!"

وبنظرة خبيثة وابتسامة باردة: "سأذهب لأعاقب سكستوس بأبشع قتلة، ولأقتص من صديق لدود"

يهبط إترليموس ويأخذ مكانه بين المجتمعين فيقاطع أحاديثهم: "ما أنتم فاعلين بسكستوس، أيها السادة؟ أعني ماذا قررتم في عقوبته؟"

فيرد أحد الشيوخ: "لم نقرر فيه شيء بعد، لكننا بكل تأكيد سنصدر فيه حكماً بالإعدام..."

فيرد بروتس: "لا...، إترليموس عزيزي أنت لست معنياً بهذا الاجتماع فلا نريد أن تتورط في أمور قد تكون خطيرة على حياتك، كما أننا نناقش أمراً أهم من ذلك فتاركوينيوس معه نصف الجيش ويمكنه أن يغير على روما في أية لحظة"

يضحك إترليموس: "توريطي في أمور خطيرة على حياتي تقول! أنتم تجتمعون في منزلي فما أخطر من ذلك على حياتي؟!"

يغضب بروتس محاولاً إبعاد إترليموس من أن يكون ضمن المجتمعين، لكنه يفشل في ذلك، فهذا أحد الشيوخ يسأل إترليموس: "ماذا تقترح إترليموس؟"

يتجه إترليموس نحو أحد المقاعد الخالية حول المائدة، ماراً أمام بروتس وكل منهما يتبادل نظرات قاسية كالسهام

المشتعلة، ليبدأ إترليموس حديثه: "سأقول لكم يا سادات روما، لنسلمه مقيداً مذلولاً لكبار وأهالي جابي، فهم أولى بسحقه انتقاماً مما فعله بهم، ولتكن عملية التسليم هذه سرية للغاية وحتى لا نعرض أهالي جابي لأي هجمات قد تحدث من قبل تاركوينيوس ومن معه"

تعالت ضحكات الشيوخ وهتفوا مؤيدين بالإجماع على اقتراح إترليموس الذي لم يفكر فيه أحد منهم: "كيف لم نفكر في هذا؟ إترليموس كم أنت حذق خبيث"

يقاطعهم بروتس بحزم: "لا...، هذا اقتراح في غير محله، يحتم علينا الموقف أمام شعب روما أن يظهر هذا المجلس العدالة والإنصاف حتى مع أعدائنا، علينا أن نقدم سكستوس لمحاكمة علنية عادلة وتعلن فيه كلمتها النهائية وتقرر عقوبته"

وهنا تتضارب الآراء بين مؤيد لاقتراح إترليموس وبين مؤيد لطرح بروتس، ليتدخل إترليموس مرة أخرى محاولاً استمالتهم نحوه، فقد أصبحت معركة رأي، بروتس ضد إترليموس ومن يكسب ود وتأييد الشيوخ، فمن ستكون له الغلبة سيصنع من الآخر عدواً شرساً: "محاكمة عادلة لسكستوس! أسمعتم ما أشار به القائد الأعلى الذي بقر بطن توليا اليوم بسيفه! لكن دعوني أسألكم، هل كان سكستوس أو تاركوينيوس يحقق أي عدل في شعب روما أو حتى فيكم؟! هل نسي بروتس أفعال سكستوس المخزية والمشينة؟! أم نسيتم دم لوكريتيا الطاهرة بهذه السرعة؟! هو نفسه سكستوس الذي انتزع النوم من أعينكم خوفاً ورعباً وأنتم

بجانب نسائكم وأبنائكم، أم أن بروتس القائد الأعلى أصبح يقرر عنكم كما كان يفعل الملك المخلوع؟ أنا لا أعرف من يدير أمور المملكة وشعبها الآن؟"

بهذه الكلمات القوية التي تطايرت نحو صدر بروتس كالرماح، فأوغرته بالحقد والعداء على إترليموس، فنهض كل من في المكان من الشيوخ وقادة الفيالق واحداً تلو الآخر رافعين كؤوسهم مؤيدين اقتراح إترليموس بتسليم سكستوس لجابي.

وهنا يشير أحد الشيوخ بضم إترليموس لمجلس شيوخ روما الجديد، مشيداً بآرائه الصائبة ومستشهداً بتزكيات فلافيوس الدائمة فيه، ليسقط في يد بروتس، فيغتنم هذه الفرصة مندفعاً راداً الصفعة لإترليموس: "إترليموس في مجلس الشيوخ!" ساخراً ومتهكماً، "إترليموس كما تعلمون جميعاً أيها السادة صديقي وأخي، لكن روما فوق الجميع، هل سنعرض هذا المجلس وشيوخه الموقرين لسخرية العامة بأن يقولوا شيوخ روما ضموا تحت سقف المجلس الموقر أشهر قواد وتاجر متعة في روما؟ عزيزي إترليموس لا تأخذ كلامي هذا على أنه تعريض لشخصك، لكن كما ذكرت فروما فوق الجميع، ونحن في حاجة دعم العامة في هذه الفترة الحساسة"

ليرد عليه أحد الشيوخ: "عزيزي بروتس تجارة إترليموس لا تعيب شخصه ولا تنقص من ولائه وتضحياته لروما وكلنا نعلم ذلك عنه، فيكفيه أنه يستضيفنا اليوم في منزله معرضاً

نفسه ومن في منزله للخطر، وهذه دلالة كبيرة على إخلاصه لنا، أنا مع اقتراح ضم إترليموس إلى مجلس الشيوخ"

علم كل من إترليموس وبروتس حينها أن كل منهما قد أوجد لنفسه مكاناً في فريق أعداء الآخر، وهذه المناوشات الكلامية لم تكن سوى بداية لحرب شرسة بينهما، فكلاهما داهية يحمل ذكاءً قاتلاً، ليأخذ كل منهما على عاتقه مراقبة الآخر عن قرب خصوصاً بروتس الذي لم يعد يثق في إترليموس من هذه الليلة، فقد أصبح قريباً ومؤيداً من قبل أعضاء المجلس وبوجوده الدائم داخله، ومهدداً لبروتس في كل الأوقات باحتمال فضح قصة لوكريتيا الحقيقية واستغلال بروتس لها، فستنهار جميع خططه بعد كسب ثقة مجلس الشيوخ وشعب روما المؤيد له بالإجماع، وسيطاح به وبمنصبه الجديد وقد يلقى مصير توليا أو سيتم نفيه خارج روما، فبروتس يعلم أن نقطة ضعفه لا تزال تكمن في كونه تاركويني بالدم وهذا ما لا يستطيع التخلص منه.

أقر في تلك الليلة جميع شيوخ المجلس العديد من القرارات من أهمها: بأن لا يتم اتخاذ أي قرارات تخص روما وسياساتها إلا داخل المجلس وبتصويت أعضاء المجلس المعتمدين عليها منعاً للتفرد بالحكم والرأي لأي كائن من كان، كما أقروا خلع الملك وإعلان روما جمهورية ذات سيادة على مستعمراتها، يدير شؤونها مجلس الشيوخ، وأن لا عودة للملكية ولن يتم انتخاب أي ملك عليها بعد الآن، تنصيب بروتس مستشاراً ضمن مجموعة من المستشارين

بالإضافة إلى منصبه كقائد لجيوش روما، ضم إترليموس لمجلس الشيوخ، نفي كولاتينوس خارج روما، نفي جميع التاركوين من روما، تجهيز الجيش بقيادة بروتس لملاقاة تاركوينيوس ومن معه ومنعهم من دخول روما.

استيقظ سكان جابي على منظر غريب، ليجدوا سكستوس ممدداً مقيد الأيدي والأرجل بإحكام في أوتاد غرست في الأرض، فاقترب منه جمع من أهالي جابي فتعرفوا عليه، وهو يطلب مساعدتهم: "يا أهالي جابي الأوفياء، انظروا ماذا فعل بي أبي الملك تاركوينيوس المجرم، فكوا وثاقي وسوف أدفع لكم بكل أموالي، سوف أنتقم لكم من أبي أعدكم بذلك..." ليقترب منه أحد كبار جابي قائلاً: "ما أنت إلا طرف في جسد تاركوينيوس، وسيفه الملعون الذي قتل رجالنا، ويتم أبناءنا ورمل نساءنا، الشكر لجوبيتور الذي آتى بك لنا" لينهال عليه من حوله بما في أيديهم من أدوات الزراعة، وبالحجارة يقذفون رأسه وجسده، وهو يصرخ ويستغيث حتى قضى، فيسحبون جثته ويطوفون بها أرجاء جابي، ليلقوها أخيراً في إحدى حظائر الخنازير.

وفي ذات الصباح، الذي أشرقت شمسه في سماء زرقاء صافية بشعاعها الدافئ فيحتضن كل جزء في روما الجديدة، يطهرها من الطغيان والجور والفساد الذي جثم عليها لسنوات، لتنهض اليوم وقد كسرت أغلالها الحديدية وتقف شامخة محتضنة أبناءها بكل عطف وكأنها ترد لهم جميل ما

فعلوه وضحوا به من أجلها، فهذه روما الأم رمز العدالة
والمساواة.

استيقظ إترليموس في ذلك اليوم مبكراً ليتجهز لحضور أول
اجتماع له في مجلس الشيوخ، فيطرق باب الحجرة تبتوس
فتفتح له آلبا فيدخل حاملاً الطعام.

"سيدي، هل أخرج لك ملابسك"

فتجيبه آلبا: "لا، سأجهزها أنا وسأساعده على ارتدائها
بنفسي"

"حسناً"

وقف تبتوس بجانب باب الحجرة ينتظر أي تعليمات من سيده
وهو ينظر لآلبا وهي تطعم إترليموس بيدها وهما يتبادلان
الابتسامات والقبلات.

"حسناً... سأرتدي ملابسي الآن، فلا أريد أن أكون آخر
الواصلين للمجلس في أول يوم لي"

نهضت آلبا مسرعة تخلع عن إترليموس ملابسه قطعة قطعة
وهي تحتضن جسده وتقبله في كل مكان حتى فرغت من
إلباسه وتعطيره، فخطت إلى الخلف لتراه بشكل كامل
فأخذت تنظر إليه وهو في أبهى لحظاته.

"ستكون أجمل شيخ عرفته روما في تاريخها"

"آلبا... أنت تبالغين، فأنا بالنسبة لأغلبهم لا أزال إترليموس
القواد"

"لا عزيزي إترليموس... فأنت لا تقدر نفسك حق قدرها،
أنت مخلص روما الحقيقي"

"سيدي لقد حان وقت ذهابك"

176

"نعم، لنذهب تبتوس"

تنقض آلبا على إترليموس فتغمر وجهه بالقبل: "هل تستطيع أن تأخذني معك؟"

يضحك إترليموس: "كم كنت أتمنى ذلك عزيزتي، لكن مجلس الشيوخ محظور على النساء والعبيد"

تلتفت آلبا لتبتوس قائلة: "تبتوس اِرعَ سيدك جيداً ولا تدعه يغيب عنك"

"سأفعل"

يغادر إترليموس مع تبتوس متوجهين نحو مجلس الشيوخ، وأثناء الطريق دار حديث بين إترليموس وتبتوس: "تبتوس سأقول لك شيئاً"

"حسناً سيدي"

"لقد قررت أن أتزوج آلبا وأحررها لتكون أماً لأبنائي"

أخذ تبتوس لحظات ليستوعب ما سمع من سيده: "لكن سيدي..."

"انتبه تبتوس لما ستقوله لاحقاً"

"عذراً سيدي، قرارك في محله وسوف أكون خادمك الأمين في كل ما تتخذه من قرارات"

"في الغد سنحتفل بزواجي من آلبا وسأدعو كل روما لتحتفل معي، وسأتوقف عن بيع المتعة وتجارة النساء والعبيد، وسأحرر كل عبيدي، فلدي الآن ما يكفيني لأعيش مع آلبا سعيداً ما تبقى لي في هذه الحياة"

"سيدي...، هل ستتوقف عن العمل، سيدي...، العبيد، أنا..." فوجئ تبتوس بقرارات إترليموس السريعة

والاندفاعية فارتبك عقله، فضحك إترليموس: "تبتوس أيها العزيز لن أتركك، فأنت وآلبا عائلتي الوحيدة الآن ولا أثق في أحد سواكما"

يصل إترليموس لوجهته فيعتلي درجات المجلس الطويلة ومنها إلى داخل القاعة ليجد بعض الشيوخ الذين يعرفهم، فيرحبون به ويأخذ مكانه بينهم، وما هي إلا لحظات حتى امتلأت قاعة المجلس بالشيوخ وبدأ انعقاد المجلس.

وبعد وقت طويل مرهق يخرج إترليموس بصحبة بعض الشيوخ ليجد تبتوس مسرعاً نحوه، الذي كان قد وجد نافذة صغيرة تطل على قاعة المجلس يراقب من خلالها سيده طيلة ذلك الوقت.

وأثناء عودة إترليموس لمنزله لاحظ تبتوس صمت إترليموس وكأنه في مكان آخر طيلة الطريق وقد غمرت وجهه الغبطة والتصالح مع النفس، ولم يعد يحمل تلك المسحة الحزينة: "سيدي، أرى الارتياح والهدوء عليك"

"نعم تبتوس، فطيلة ذلك الوقت في المجلس لم يفارق وجه آلبا خيالي"

"أتحبها لهذه الدرجة؟... عذراً سيدي على سؤالي فلم أقصد أن..."

"لا عليك تبتوس، آلبا أخرجت أفضل ما فيَّ، وأجبرتني على أن أكون أفضل رجل لها، نعم، فأنا أحبها حباً أشغلني عن كل شيء في هذه الحياة"

بهذه الكلمات التي خرجت من قلب صادق لتخترق أذان

تبتوس فيجد لها ملمساً مخملياً في عقله، أيقن عندها أن سيده
قد وضع آلبا في مكان ومكانة عالية، فقد أصبحت سيدة
المنزل.

ما إن اقتربا من المنزل حتى يجد إترليموس آلبا واقفه أمام
المدخل تعلو وجهها المضيء ابتسامة تستقبل بها حبيبها.

"ماذا تفعلين هنا؟"

"رأيتك من النافذة قادماً، فأردت أن أكون أول من يستقبلك
وأنت قادم من أول حضور لك في المجلس، سيدي الشيخ"

يضحك إترليموس من قول آلبا: "أشكرك سيدتي، فقد كنتِ
معي في كل لحظة وأنا في المجلس، حتى أنني لا أذكر ما
قيل في تلك الجلسة"

"تفضل سيدي الشيخ، فقد أعددت لك طعاماً بيدي ليقوي
جسدك على مهامك الجديدة"

تدخل آلبا إلى المنزل ممسكةً بيد إترليموس نحو مقعده
فتجلسه وتطلب من تبتوس: "تبتوس، أحضر طعام سيدي
الشيخ وجرة النبيذ"

"نعم، سيدتي"

لاحظت آلبا على الفور رد تبتوس، وهي تنظر في وجه
إترليموس: "سيدتي!، هل قال سيدتي؟!"

ليرد عليها إترليموس مبتسماً: "نعم، سمعته يقول سيدتي"

"ماذا أصابه، هل أبقيته طويلاً تحت الشمس؟!"

"لا، فأنت سيدته فعلاً وسيدة هذا البيت وسيدتي وسيدة هذا
العالم"

"ماذا أصابكما بحق جوبيتور؟!"

عبدالعزيز حمزة

"لا شيء عزيزتي، فهذه الحقيقة"

"من الواضح أن السياسة قد غيرت فيك شيئاً ما، لكنه يعجبني"

يميل إترليموس نحوها ممسكاً بكلتا يديه وجهها: "لم يغيرني شيء سواك آلبا"

فتصبغ خدودها باللون الأحمر وترتخي جفونها ذات الرموش السوداء الطويلة على عينيها الساحرتين وكأنها تهيم خارج جسدها، فيرفعها إترليموس نحوه ويجلسها في حجره ويضمها نحو صدره.

فيدخل عليهما تبتوس وخلفه بعض العبيد يحملون الطعام، ليقطعوا عليهما ذلك الهيام الصامت.

"كلُّ هذا الطعام لي؟!"

نهضت آلبا وهي تضع أطباق الطعام أمام إترليموس: "نعم، فقد صنعته لك وحدك وستأكل من كل هذه الأطباق دون أي نقاش"

"حسناً، وأنت ستجلسين بجانبي لتأكلي معي، إلى أن تستلقي على ظهرك"

تعلوا ضحكاتهم سوياً وهما يطعمون بعضهما، وقف تبتوس ينظر لسيده سعيداً لسعادته، فيسأل سيدته سؤال كل يوم: "سيدي، مَن مِن النساء أجهز الليلة؟"

فينظر إترليموس نحو آلبا ويضع ما بيده من طعام: "ماذا قلت لك؟! لن تجهز أحد، لن أستقبل أحداً الليلة، أبلغ النساء بذلك ومن أرادت منهن الخروج إلى السوق فاسمح لها، وضع أحد العبيد خارج المنزل ليبلغ كل من يأتي بأن منزل

180

إترليموس مغلق"

"هل سنوقف الاستقبال اليوم فقط سيدي؟"

"ماذا بك تبتوس ألم تسمع شيئاً مما قلته لك سابقاً، سنغلق هذا المنزل في وجه ضيوفه إلى الأبد؟"

"أمرك سيدي"

فتسأله آلبا: "لماذا تريد إغلاق المنزل فهذه تجارتك؟"

"سأغلقه إلى الأبد"

"لماذا، ماذا حدث؟ هل هناك أمر لا أعلمه؟"

"سنرحل سوياً عن هذا المنزل إلى منزلنا الجديد على هضبة كايليان، سيكون قصرك وحدك، لن يشاركك فيه أحد"

"لم تخبرني بكل هذه القرارات!"

"لدي قرار آخر قد اتخذته اليوم أيضاً، هل تودين سماعه؟"

"نعم، بالتأكيد، فأنت اليوم إترليموس الغامض، أخبرني"

يعتدل إترليموس في جلسته ليواجه آلبا: "سأحررك آلبا... وسأتزوجك، فأنا أرغب بشدة في أن تحملي أبنائي"

انهارت آلبا من تلك الكلمات التي أصابتها في وسط قلبها، فبدأ جسدها وأطرافها كلها ترتجف وفقدت المقدرة على أن تنطق، فجاء ردها بدموع ملأت عينيها وشفتان انزلقتا نحو الأسفل وذقن مرتجفة، تحاول كبح عبراتها، فتسقط داخل صدر إترليموس فتنفجر تلك العبرات بنشيج كأنه لحن ساحر في أذني إترليموس يخرج من قيثارة آبوللو.

يبتسم إترليموس وهو يرفع وجهها المبلل بالدموع ويمسحه برقة متناهية: "لم تجيبيني يا سيدة..."

181

"نعم، نعم، وألف نعم... سأكون عبدتك وزوجتك وعشيقتك، سأكون لك أكثر مما تريد"

"حسناً، أنت الآن تخنقينني بهذه الضمة العنيفة، لم ألحظ أنك تملكين كل هذه القوة"

"سأكون أكثر قوة الآن لأحميك من كل الناس ومن نفسك بل حتى من الآلهة"

"إذن جهزي نفسك غداً ليكون أسعد يوم في حياتي"

حل المساء سريعاً وهما يجلسان تحت ضوء القمر ونسيم ليل روما البارد في الحديقة الخلفية للمنزل الذي خلا من ضيوفه لأول مرة، يتجاذبان أحاديث الحب والنوادر فعلت ضحكاتهما، ليقطع عليهما تبتوس خلوتهما الغرامية:

"سيدي"

"ماذا هناك تبتوس؟"

"هناك أمر هام للغاية يتعلق بسيدي بروتس"

"ماذا، تكلم؟!"

فيشير تبتوس لأحد العبيد بالتقدم: "سيدي هذا أحد عبيد سيدي بروتس ولديه ما يخبرك به"

"تكلم، ما ذا يريد بروتس؟"

"هو لم يحملني رسالة لك سيدي"

"ماذا تريد إذن؟"

"أنا أعمل لدى سيدي بروتس منذ سنوات، وفي الآونة الأخيرة كنت أسمعه يردد اسمك كثيراً مع بعض الشيوخ..."

"هل تتجسس على سيدك أيها العبد؟!"

"انتظر عزيزي إترليموس لنسمع ما لديه" قالت آلبا.

182

"أكمل"

"فكان يذكرك أمامهم بكل سوء وبغض..."

"أهذه خطة من بروتس بإرسالك لي كواشٍ يهمه أمري؟! يمكنني قتلك الآن أيها العبد، عد لسيدك الخسيس وأبلغه..."

تتدخل آلبا مرة أخرى: "انتظر إترليموس دعه يكمل، تكلم ودع عنك المقدمات فكلنا نعلم ما يضمره بروتس لسيدي إترليموس"

"حسناً سيدتي، سمعت اليوم ابني سيدي بروتس يتحدثان عن وصول رسالة سرية لهما من سيدي كولاتينوس، يحضهما فيها على بدء خطة تهريب القائد سكستوس من قبو القصر وجميع أفراد عائلة الملك المحتجزين هناك والخروج بهم من روما، والاستعداد لهجوم وشيك من الملك مع بعض قبائل اللاتين على روما ليعود للحكم"

"سكستوس! لم تصلهم أخباره ولم يعرفوا ما حل به، لماذا لم تخبر سيدك بروتس بذلك، ماذا دفعك لإخباري بذلك"

"سيدي بروتس لن يقوم بفعل شيء قد يعرض ابنيه لعقوبة القتل لخيانتهما، كما أنه يكن لك كرهاً كبيراً سيدي كما أخبرتك، فأنت في هذه الحالة الشخص المناسب والثقة لمعرفة هذه المؤامرة"

"هل أخبرت أحداً غيري بهذا الموضوع؟"

"لا سيدي"

"هل تعرف هذا العبد جيداً تبتوس؟"

"نعم سيدي فأنا أثق به"

"وكيف أعرف أن ما تقوله الحقيقة ولم يبعثك سيدك بروتس

بمؤامرة عليّ، فأنا لم أعد أثق في سيدك فقد أصبح عدواً
بالنسبة لي"

أخرج العبد من داخل ملابسه شيئاً ومد يده به نحو
إترليموس: "هذه هي الرسالة سيدي"

جذب الرسالة إترليموس من يد العبد وأخذ يقرؤها بتمعن
وتركيز ليجد فيها موعد تهريب عائلة تاركوينوس وبعض
رجاله.

"هذا الموعد الليلة! لن أتأكد مما تقول حتى يتم القبض عليهم
وهم يقومون بذلك، فإلى ذلك الحين تمتع بهذه الحياة
القصيرة، فإن كنت كاذباً سأنكل بك"

"نعم سيدي"

"تبتوس، أعطه بعض الطعام واصرفه حالاً، وأنت أيها العبد
عد من حيث أتيت ولا تحدث أحداً بهذا ولا تبدِ أي تصرف
غريب قد يكلفك رأسك"

"نعم سيدي"

انصرف العبد مسرعاً بمعية تبتوس، وجلس إترليموس يقلب
تلك الرسالة بين يديه لتسأله آلبا: "ماذا يدور في رأسك؟، ما
في داخل هذا الرأس يخيفني"

"إن صدق ذلك العبد فيما قاله فقد اقتربت نهاية بروتس
وسأتخلص منه إلى الأبد"

"عزيزي، أعلم أنك أكثر ذكاءً من بروتس، لكن عليك توخي
الحذر معه؛ فقد كشف عن نفسه وأظهر ما يضمره لك،
فأصبحنا نرى شره وفساده"

"تبتوس"

"سيدي"

"جهز عشرة من العبيد الأقوياء، فسنذهب الليلة لإلقاء القبض على بعض الخونة"

"هل جننت إترليموس؟! تذهب بنفسك، لماذا لا تبلغ أحد قادة الفيالق؟"

"لا أثق في أحد آلبا فجميعهم يعملون تحت إمرة بروتس وولاؤهم له"

"أرجوك إترليموس هذه مهمة خطيرة، أرجوك..."

لا تهتمي، يمكنني التعامل مع بروتس ولن يدرك عندها ماذا أصابه"

"لا أهتم! هل جننت يا رجل؟! كيف يمكنني أن لا أهتم، لا أريد حتى أن أتخيل ماذا يمكن حدوثه لك"

"اذهب تبتوس وافعل ما أمرتك به"

"نعم سيدي"

يجذب إترليموس آلبا نحوه: "وأنت تعالي إلى هنا ولا أريدك أن تتخيلي شيئاً يا (إِتِرْلِيما)"

وبنشوة غامرة: "إترليما! سأحمل اسمك، ستعطيني..."

يقاطعها إترليموس: "ومن يحق له حمل اسمي غيرك؟"، وبصوت مرتفع، جهر قائلاً: "أنت إترليما قاتلة أعدائي وحارسة روحي"، فعقب قائلاً: "وليبقَ هذا الاسم سرنا الصغير إلى أن يتم زواجنا في الغد، فنفاجئ به الجميع"

فيسقطا سويا وتحت ضوء القمر الفضي في بحر من القبل، لم تكن خفقات قلب آلبا القوية المسموعة تضطرب بهذا العنف تحت وطأة القبل والأنفاس الحارة، بل كان قلبها

يرتجف خوفاً على إترليموس ورعباً من هذه المهمة الخطيرة.

عاد تبتوس وفي يده سيف سيده، يخبره بأنهم جاهزين ومستعدين، نهض إترليموس فتوشح سيفه، وهو ينظر لآلبا:
"انتظريني، لا تنامي، فلا يزال لدينا الكثير لنقوله"
"عدني أنك ستعود لي سالماً"
"أعدك"
فيقبل رأسها مغادراً نحو قصر الملك مع عبيده متوشحين سيوفهم، وما إن اقتربوا من القصر حتى بدؤوا في السير بهدوء مراقبين مداخل بوابات القصر ومتخفين عن أنظار أي حراس، أخذ إترليموس وعبيده موقعاً قريباً منتظرين حدوث أي شيء غريب، حتى رأى من بعيد بعض الملثمين وهم يقتربون بحذر من إحدى نوافذ قبو القصر التي لم يكن عليها حراسة، ليقترب من تبتوس هامساً: "اذهب وأحضر أحد الحراس بهدوء، وأبلغه بأن هناك من يحاول خلع قضبان نافذة القبو، اذهب الآن"
يراقب إترليموس من بعيد ومن معه أولئك الملثمين وهم يهمون بخلع القضبان الحديدية فيأتي تبتوس ومعه أحد الحراس فيهمس إترليموس في أذنه: "انظر هناك، هؤلاء يحاولون خلع قضبان نافذة القبو ليقوموا بتهريب من فيه، انظر جيداً"
"نعم أراهم، ولكن نحن ثلاثة حراس فقط!"
"أيها الأحمق، ونحن ماذا نفعل هنا"

يستل إترليموس سيفه ومعهم ذلك الحارس، فينقضون على الملثمين ويحاوطنهم من كل اتجاه موجهين سيوفهم نحو وجوههم فما كان من الملثمين إلا أن ألقوا أسلحتهم وجثوا على ركبهم، فاتجه إترليموس نحوهم واحدا تلو الآخر ينزع عنهم لثامهم وأغطية رؤوسهم ليجد بينهم ابني بروتس.

"أيها الحارس اذهب وأحضر قائدك وأبلغه بالأمر، هيا أسرع"

"حسناً، نعم القائد"

ليأتي القائد بعد لحظات ومعه عدد من الحراس: "ماذا يحدث هنا؟ من أنتم؟"

"أنا إترليموس أحد شيوخ روما، وقد تم إلقاء القبض على هؤلاء وهم يحاولون تهريب من في القبو من عائلة الملك المخلوع، ولم يكن عدد حراسك كافياً أيها القائد!"

"نعم سيدي، سيتم التعامل معهم وإيداعهم السجن فوراً وإبلاغ القائد الأعلى بذلك الآن"

"امشِ معي أيها القائد، لن توقظ القائد الأعلى في هذا الوقت، فسيعلم أنك لم تكن متواجداً في موقعك لأنك كنت بين يدي عاهرة أو في صحبة جرة نبيذ وتركت ثلاثة حراس فقط يحرسون هذا القصر الكبير وفي قبوه أعتى المجرمين"

"نعم سيدي"

"لن أخبر أحداً بذلك، وسأقول أنك أنت من قبضت عليهم بشجاعة، لكن عليك فعل ما سأقوله لك بكل دقة، هل ستقوم بما سأقوله لك أيها القائد؟"

"نعم سيدي بالتأكيد، فقط عدني أنك لن تخبر عني القائد

الأعلى"

"أعدك بذلك، الآن اسمع ما سأقوله لك جيداً"

يعود إترليموس وعبيده وقد أضاء نور الفجر الخافت السماء ليجد آلبا في انتظاره قلقة فهي لم تنم حتى عاد، فحملها نحو حجرته وهي تسأله: "أخبرني ماذا حدث؟ هل كان العبد صادقاً فيما قاله؟

"في الصباح سأخبرك بكل شيء"، فنام بجانبها نوماً عميقاً من شدة الارهاق والتعب.

تستيقظ آلبا فتحتضنه بشدة فيستيقظ على ذراعيها حوله: "هيا أخبرني ماذا حدث"

"ألن تحضري طعام الإفطار أولاً"

"أخبرني الآن"

"لقد صدق ذلك العبد فيما قاله، وجدنا ابني بروتس ضمن مجموعة وتم القبض عليهم جميعاً"

"والآن، ماهي خطوتك القادمة؟ ماذا ستفعل؟"

"سأنتظر الطعام،... تبتوس"

"سيدي"

"ذلك العبد، كافئه بما يليق بصدقه، وعليه أن يرحل من روما الآن"

"نعم سيدي"

"آلبا، الطعام... علي الذهاب إلى المجلس مبكراً، هيا"

وبامتعاض وغيظ بدا على وجه آلبا تنهض: "أمرك سيدي"

يصل إترليموس ومعه تبتوس إلى مجلس الشيوخ في ذلك الصباح وقبل دخوله القاعة قال لتبتوس: "أريدك أن تذهب وتساعد آلبا في تجهيزات حفل الزواج وتشتري كل ما تطلبه منك وأن لا تفارقها إلى حين عودتي"

"لكن سيدي هل سأتركك وحدك؟!"

"اذهب تبتوس فأنا لست طفلاً، فهذا اليوم له طابع خاص عندي، ألا تريد أن تكون مشاركاً في أهم يوم في حياة سيدك؟"

"بلى سيدي، هذا شرف لي"

"إذن اذهب ونفذ ما أمرتك به"

أخذ إترليموس مقعده المعتاد بين الشيوخ، فطلب إترليموس الكلمة، فنهض قائلاً: "عذراً أيها السادة لدي أمر هام أود التحدث عنه"

نزل إترليموس من مكانه بهدوء ووقار مواجهاً مقاعد الشيوخ، يرمقه بروتس من مكانه منتظراً ما سيقوله، عدل إترليموس ملابسه ثم بدأ يتحدث بثقة: "أيها السادة، يا شيوخ روما المخلصين، لقد انتفضت روما من خلال ثورتها المجيدة والمقدسة على أيدي أبنائها البررة في وجه الاستبداد والطغيان الذي لازمها لسنوات طويلة، لكننا نعلم جميعاً أن روما لم تتطهر بعد من بعض الخونة الذين لايزالون ينهشون جسدها في الظلام كالفئران القذرة؛ لإعادة الملك الفاسق المخلوع تاركوينيوس المتعجرف، وها هو يعمل جاهداً ليل نهار خارج روما على خلق التحالفات مع بعض قبائل اللاتين ليساعدوه في استعادة ملكه، فلم ينتهِ خطره، فهو لايزال حي

189

ولايزال الطامعين في روما متربصين بها خارج هذه الأسوار، فإن كان علينا فعل شيء واحد أهم من مواجهة تاركوينيوس فهو أن نطهر روما أولاً من الداخل بفضح الخونة ومعاقبتهم، وإن كانوا أقرب الناس لنا، فكما قال القائد الأعلى ومستشار روما القائد بروتس (روما فوق الجميع)، ويحتم الأمر على كل روماني شريف أن يبلغ عن أي خائن بيننا"

تعالت هتافات التأييد، مع ذلك لم يفهم الكثير ما يرمي له إترليموس بخطبته تلك، خصوصاً بروتس الذي كان يحاول معرفة ما يجهزه إترليموس بفك رموز حديثه هذا، فحدسه يخبره أن هناك أمر عظيم سيلقيه إترليموس خلال لحظات، ليقف أحد الشيوخ موجهاً كلامه لإترليموس: "عزيزي إترليموس، كلنا نعلم أن روما لايزال فيها بعض المتمردين والخونة من الذين لايزالون يدينون بالولاء لتاركوينيوس، وسوف يتم معرفتهم والقبض عليهم ولن تأخذنا بهم رأفة مهما كانوا، فهلاً أفصحت عن مقصدك؟"

وهنا استدار إترليموس نحو مدخل القاعة منادياً: "أيها الجندي"

وفجأة دهم المكان عدد من الجند وهم يسحبون عدداً من المساجين مصفَّدين بالسلاسل يتقدمهم ذلك الجندي الذي اتفق معه إترليموس.

"أيها السادة أقدم لكم هذا الجندي الروماني المخلص الذي أنقذ روما من أكبر مؤامرة حيكت لها وكان بالإمكان أن تجهض ثورتنا المقدسة بسببها، لولا بسالته ويقظته، إحكِ

للمجلس الموقر أيها الجندي ما حدث"

ارتفعت غمغمة لتملأ القاعة وعلى وجوه من فيها الاندهاش والذهول، ليشرع الجندي في الحديث: "الشيوخ الموقرين، لقد تم القبض على هؤلاء الخونة وهم يحاولون تهريب باقي عائلة المخلوع تاركوينيوس"

ليعود إترليموس معقباً: "هل أدركتم أيها السادة الكارثة التي كانت ستدمر روما؟... محاولين تهريب سكستوس! هل يعقل أن بيننا من لايزال متعاطفاً مع هذا الفاجر المجرم الذي بسببه اندلعت ثورة الغضب على أفعاله المشينة باغتصابه للوكريتيا الطاهرة؟! ومن الواضح أيها السادة أن عملية تسليم سكستوس لأهالي جابي لم تصل إلى المخلوع تاركوينيوس ومن معه، هؤلاء المجرمين الجاثمين أمامكم هم أخطر من سكستوس وتاركوينيوس على روما، فهؤلاء يريدون إبقاء شعبها الأبي تحت الفساد والاستبداد، فما تقررون في عقوبتهم؟ ولتكن عقوبة رادعة ورسالة تحذيرية قوية لكل من يفكر أن يخون روما"

صاح الجميع مرددين: "القتل، القتل، القتل"

وهنا أمر إترليموس الجندي بأن يرفع عنهم أغطية رؤوسهم حتى يراهم الجميع، وما إن تم ذلك حتى فزع بروتس مما رآه فبينهم ولديه، وقبل أن ينطق بكلمة واحده قطع إترليموس ذلك الضجيج رافعاً في يده تلك الرسالة التي أرسلت من كولاتينوس لهم: "هذا هو الدليل الذي يثبت تورطهم في هذه المؤامرة الخسيسة، وجدت هذه الرسالة مع أحد هؤلاء

الخونة، وتحملوا معي أيها السادة هذه الصدمة، فهذه الرسالة من لوسيوس كولاتينوس بخط يده يأمرهم فيها بتهريب سكستوس وذاكراً موعد التنفيذ، نعم كولاتينوس، كولاتينوس الذي كنتم تريديون ضمه إلى مجلس شيوخ روما!"

يتجه إترليموس نحو ابني بروتس ويقف خلفهما: "وُجدت هذه الرسالة مع هاذين الشابين، هل تعرفون من هم؟ هما ابنا القائد ومستشار روما بروتس"

وهنا اختلطت الأصوات وعلت صيحات الاستهجان والاستنكار وتخللها ألفاظ شتم للخونة المدانين بأقذع الصفات، وهم ينظرون نحو بروتس الذي جلس واضعاً رأسه بين يديه، فمن الصعب على أحد أن يتجاوز مثل هذه الفاجعة دون أن تترك فيه أثراً غائراً إلى الأبد، لتعود صيحات الشيوخ مطالبة بعقوبة القتل: "القتل، القتل..."

فيشير إترليموس للجميع بالجلوس والهدوء ليكمل: "أيها السادة الموقرون شيوخ المجلس، دعونا نفكر بعقلانية بعيداً عن أي عاطفة دموية، فبصفتي أحد أعضاء هذا المجلس الموقر أرجو أن تسمحوا لي بأن أقترح اقتراحاً بسيطاً وعليكم إما تأييده أو رفضه"

"قل اقتراحك إترليموس فلم نعهد منك سوى الرأي السديد والعقل الحكيم"

"أشكرك عزيزي الشيخ، اقتراحي هو أن يتم تخيير القائد بروتس بين إعدام هؤلاء جميعاً بتهمة الخيانة بمن فيهم ابنيه وبين تنازله عن مناصبه ونفيه وعائلته خارج روما، وهذا

الرأي ما هو إلا عرفاناً منا بتضحيات وخدمات القائد بروتس لروما ولهذه الثورة المجيدة، فروما لا تنسى من يقف بجانبها"

وقع اقتراح إترليموس الخبيث كالصاعقة على بروتس فكلا الخيارين مُرْ، إما أن يفقد ولديه وإما يجرد من منصبه ويلقى هو وعائلته خارج أسوار روما لتتلقفه يد تاركوينيوس فيبيده هو وذريته.

"يتم نفيه من روما" صاح أحد الشيوخ، ليتبعه الكثير مؤيدين عقوبة النفي، وهنا قطع بروتس بصوته الضخم كل الأصوات قائلا: "بل يعدموا جميعاً"

ليصاب الجميع بالذهول والدهشة من طلب بروتس، وعدم قبوله خيار النفي الذي قد ينجي ابنيه من الإعدام، لكنه رضخ وأذعن لرغباته وغرائزه الشاذة التي سممت قلبه وعقله، فآثر سحر السلطة والمنصب على إنقاذ ابنيه من الموت، ليعقب قائلاً: "أنا جندي روماني مخلص، قد يسري في عروقي دم التاركوين لكنني أنتمي لروما وسأبقى فيها وأدافع عنها حتى وإن ضحيت بأبنائي بل بجميع عائلتي في سبيلها"
هنا أحس إترليموس بصفعة قوية من بروتس، فلم يتوقع أحد أن يطالب بروتس بإعدام ولديه، فيقف أحد الشيوخ قائلا: "الأولى بتحديد أي خيار، هو بروتس وليس نحن، فليكن ما اختاره بروتس إذن"، ليقر المجلس إعدام الخونة جميعاً في ساحة روما العامة.

193

انفض المجلس بعد تلك الجلسة المفعمة بالمفاجآت والصدمات التي لم يعهد مثلها أحد من قبل، وانتشر خبرها في كل أرجاء روما، ليتناقل العامة قصة بروتس مع أبنائه وكيف آثر إعدامهما على مخرج النفي من روما، مضحيا بهما من أجل روما وشعبها ليكبر بروتس أكثر في أعين الشيوخ والناس.

بقى في المجلس كل من بروتس وإترليموس وحدهما، ومن مكانه يتحدث بروتس بصوت ملأه الانكسار: "أنت قتلت أبنائي"

"لا بروتس، أنت من قتلت أبناءك"

صرخ بروتس فتردد صدا ما قاله في أرجاء القاعة الخالية: "لقد قتلت أبنائي"

"أنت من بدأ هذه المعركة القذرة بتهديدك بقتلي إن أنا تحدثت عن حقيقة انتحار لوكريتيا، أنت من أعمته السلطة عن الحقيقة وسحره المنصب، فلم تجعل لي خياراً آخر سوى أن أدافع عن نفسي من شخص مثلك عمي قلبه وفاض صدره بالحقد والضغينة"

"لوكريتيا... تلك العاهرة، لم تفعل شيئاً لروما، أنا من فعل كل شيء، أنا صاحب هذه الثورة، أنا من أخرج تاركوينيوس، وأنت لم تكن إلا قواداً فاسقاً يأكل من لحم عاهراته، فأنت لست إلا حذاءً في قدمي أسير به فوق الدروب الوعرة لأصل لغايتي وهدفي بخبثك ودناءة خططك التي أعرفها عنك، والآن تحاول هدم كل ما بنيته بعد تكبدي

وتحملي ومعاناتي طيلة هذه السنوات التي عشتها في قصر تاركوينيوس في صورة الأبله وكعبد ذليل بين الفاجرة المختلة توليا وأبنائها الفاسدين!"

"أنت تزيدني يقيناً بروتس بكلامك هذا أنك تحمل في قلبك الأسود مقتاً شديداً لكل من يقف في طريقك، فمن يضحي بأبنائه ويتخذ أرواحهم وسيلة للوصول لغاياته سيضحي بأي شيء"

يتوجه بروتس من مكانه نحو إترليموس الذي جلس في أحد زوايا القاعة ليقترب منه مواجهاً له قائلا: "صدقت إترليموس، ولن أدعك تأخذ مني شيئاً بعد الآن"

وهنا يغمد بروتس خنجره الذي أخفاه وراء ظهره فجأة في صدر إترليموس بكل عنف وقسوة وهو ينظر في عيني إترليموس اللتان برقتا من هول المفاجأة، فيسحب بروتس خنجره من صدر إترليموس بنفس العنف ليغمده مرة أخرى فيغيب الخنجر حتى نصله في صدر إترليموس الذي سقط عن مقعده وهو ينظر للخنجر معلقاً في جسده، فيزحف مستنداً على أحد الجدران وقد سال دمه النازف بغزاره فصبغ ملابسه البيضاء باللون الأحمر فجلس وهو يتنفس بصعوبة في وسط بركة من دمائه، يتحامل إترليموس على جراحة القاتلة، فيرفع يده بضعف والدم يتقاطر من أطراف أصابعه مشيراً لبروتس بأن يقترب منه، فيهمس في أذنه: "ستقتلك إتِرْليما، وستنتزع قلبك من صدرك وأنت تصيح كخنزير قذر"

نهض بروتس عنه وهو ينظر حوله ليتأكد من خلو المكان، فيقترب منه مرة أخرى، فيسحب خنجره بقوة من صدره، قائلاً وهو ويمسح حديه في ملابس إترليموس: "كنت في غنى عن كل هذا يا صديقي، ولأبقيت على حياتك لو أنك اخترت الجانب الصحيح"

وبصوت ضعيف متهدج خائر القوى، ممسكاً بقدم بروتس: "أنا إترليموس، ألعنك لوسيوس جونيوس بروتس أمام جوبيتور وكل الآلهة، وألعن كل من يأتي من ذريتك، بأن تصبح الخيانة في دمائكم، ولا تُعرفوا إلا بها، ويخلد اسمك كرمز للخيانة، حتى يوم آخر ذرية لك"

ينتهي إترليموس من تلك الكلمات وتنتهي معها حياته بابتسامة ظلت على وجهه، فيخرج بروتس مسرعاً خارج قاعة المجلس وهو يصيح في الناس والمارة: "لقد قُتل إترليموس، قتله أحد رجال تاركوينيوس"

فيتجمع الناس على صوت بروتس ويسرع نحوه بعض الجند وحراس المجلس، فيأمرهم باللحاق بالقاتل ويشير لهم في اتجاه ما: "لقد هرب من هنا، أسرعوا، الحقوا به، وأنتم اذهبوا من هناك..."

يتفرق الجند مسرعين في كل اتجاه بحثاً عن قاتل إترليموس، وهو يقف أمامهم.

في هذه الأثناء سقطت آلبا على أحد المقاعد إثر وخزة قوية في صدرها فأسرع تبتوس نحوها: "سيدتي، هل أنت بخير؟"

"أحسست بألم في صدري كأنه طعنة"

"هل أحضر لك شيئاً سيدتي، هل أستدعي لك المعالج؟"

"لا عليك تبتوس، فقد يكون إرهاقاً بسبب أعمال اليوم"

"نعم سيدتي"

لكن آلبا تفكر بصمت في شيء آخر تتوجس منه كل الخوف:

"تبتوس، ألا تذهب لتتفقد سيدك فقد جاوز وقت حضوره"

"نعم سيدتي"

طال انتظار آلبا، فيأتي أخيراً تبتوس حاملاً سيده إترليموس جثة بين يديه ملطخاً بالدماء، ما أن رأت آلبا هذا المنظر حتى انهارت وسقطت أرضاً من هول المشهد، فيضع تبتوس وبحرص شديد جثمان إترليموس على الأرض، فينحني عليه واضعاً وجهه في جسده، وهو يصرخ كالمجنون، فيرفعه ويحتضنه تارة ويضعه تارة، ثم يعود ليرفعه ويضمه، وهو يصيح وينتحب، فيتجمع كل من في المنزل وخارجه على صرخات تبتوس المدوية وحول هذا المشهد الموجع.

ترفع آلبا رأسها وهي ممددة، فتجر نفسها على الأرض نحو جسد إترليموس فتمسك بقدميه وتقترب منهما فتقبلهما، ومن ثم تصعد على جسده فتحتويه بجسدها، تنظر إلى وجهه المبتسم: "سيدي، حبيبي، عشق حياتي، تحدث معي، انظر إلي، ضمني... انظر لقد أعددت المنزل لحفل زواجنا، اشتريت ملابس جديدة وعطوراً ثمينة من أجلك... سيدي... سيد حياتي"

يرفع تبتوس آلبا عن جسد إترليموس البارد، وهي تصيح وتصرخ بتلك الكلمات الحزينة الموجعة، فوخزت قلوب من يقفون حولها، فأبكتهم وتعالت أصوات النحيب والعويل في أرجاء المكان.

أحرقت جثة إترليموس في أرضه على هضبة كايليان، وشهد ذلك العديد من الشيوخ والنبلاء وقادة الجيش وأعيان روما، وجمع غفير من العبيد والعامة، فلم يحظَ أحد في روما عند موته بمثل هذه الأعداد الكبيرة من قبل، وكان ضمن الحاضرين القائد بروتس الذي أصبح مستشار روما العام، فيبحث عن آلبا ليقدم التحية وواجب العزاء، فيجدها وبجانبها تبتوس الذي أصبح يرافقها في كل مكان كظلها، كانت آلبا شاحبة الوجه هزيلة شاردة الذهن، قد اعتصرها الحزن والأسى والانكسار، تاركين آثارهم العميقة عليها، فلم تعد تلك الفاتنة الحسناء المرحة: "عزيزتي آلبا، أقدم عزائي الخالص في فقيد روما وابنها البار، صديقي وأخي إترليموس..."

استدارت آلبا ببطء نحو الصوت، بوجه علته علامات الغضب محل الحزن، فتمالكت أعصابها وتحاملت على بغضها وكراهيتها لبروتس: "شكراً لك أيها القائد، فقد كنت أخاً وفياً لإترليموس طيلة حياته، هل تمكنتم من القبض على قاتل زوجي؟"

"ليس بعد، لكن تأكدي أنه لا يوجد لدينا أولوية الآن سوى العثور على هذا المجرم، ولن ندخر جهداً في ذلك"

فيحييها بروتس تحية عسكرية، وقبل أن يهم بالانصراف، عاد نحوها قائلاً: "اِمشي معي آلبا، أريد أن أسألك بعض الأسئلة على انفراد، فقد تفيد إجابتك في معرفة قاتل إترليموس"

استجابت آلبا لطلب بروتس فسارت بجانبه بخطوات بطيئة، وخلفها على بعد خطوات يلحقها تبتوس، فأشارت له أن قف ولا تتقدم، فتوقف تبتوس في مكانه وهو يراقب بروتس وسيدته بحرص شديد.

فيبادرها بروتس قائلاً: "لدي سؤال أود طرحه عليك أولاً، ومن ثم على جميع عبيد المنزل، إن أذنتِ لي بالطبع"

"وما هو هذا السؤال؟"

"هل سمعتِ إترليموس مصادفة، يذكر اسم امرأة، تدعى إترليما؟"

* النهاية *

199

ملوك روما 753 - 509 قبل الميلاد

رومولوس مؤسس روما وملكها الأول بعد قتله شقيقه ريموس

نوما بومبيليوس الثاني	توليوس هوستيليوس الثالث	أنكوس مارسيوس الرابع	لوسيوس تاركوينيوس برسكوس الخامس	سيرفيوس توليوس السادس	لوسيوس تاركوينيوس السابع